Todo mundo tem mãe, Catarina

Carla Guerson

Todo mundo tem mãe, Catarina

Editor:
Marcelo Nocelli

Revisão:
Priscila Calado

ilustração da capa
Mariana Zanetti

Design, editoração eletrônica e capa:
Karina Tenório

Dados Internacionais de Catalogação na Publicação (CIP)
Bibliotecária Juliana Farias Motta CRB7/5880

Guerson, Carla
Todo mundo tem mãe, Catarina / Carla Guerson. — São Paulo: Reformatório, 2024.
184 p.: 14x21 cm.

ISBN: 978-85-66887-89-1

1. Romance brasileiro II. Título.

G935t CDD B869.3

Índice para catálogo sistemático:
1. Romance brasileiro

Editora Reformatório
www.reformatorio.com.br

À menina que fui
e àquela que nunca conheci.

Prólogo

Três comprimidos para dor deveriam ser o suficiente para me dopar. É o que diz a bula. É o que diz Teresa, que já passou por isso, que me comprou os remédios, que me segura a mão.

Eu não deveria sentir nada.

Mas sinto como se me rasgassem por dentro. Parindo sem parir. Não como minha mãe fez, há 15 anos.

Ou, talvez, exatamente como minha mãe fez. Há 15 anos.

1

A falta é uma pinta que você nunca tinha visto. Uma mancha na roupa, que alguém aponta. Um defeito na parede. Depois que você percebe, depois que se dá conta, não consegue voltar a não ver. Fica ali incomodando pra sempre.

Eu tinha cinco anos quando dei pela falta da minha mãe. Quem me apontou essa mancha foi minha professora. Eu sentada no chão da sala de aula, ela no meio da roda, os alunos em volta.

A posição era de ouvir histórias e eu adorava histórias. E adorava a professora. Ela tinha as pernas curtas e conseguia sentar em cima delas, como um pequeno buda. Eu tentava imitar, mas tenho perna de saracura, sobrava perna pra tudo quanto é lado. Ela gritava: *Catarina, senta direito* — e eu tentava me fazer caber debaixo de mim mesma, envergonhada pelas risadas das crianças que tinham conseguido maior sucesso na imitação.

Esta é a semana de Dia das Mães, a professora avisou, anunciando que a gente ia fazer uma homenagem. Eu não sabia o que era homenagem. Ela ensinou uma música, com um ritmo lento e uma melodia daquelas de fazer chorar. No final, a gente dizia "mamãe, mamãe, mamãe", levando as mãos em concha até o peito.

Depois de ensinar a música, mandou: *Cada um vai desenhar a sua mãe.* A caixa de lápis no meio da roda. O papel em branco na minha frente. Eu levantei a mãozinha, como uma boa menina educada que sempre fui: *Tia, eu não tenho mãe.* Os olhos dos coleguinhas em mim. A professora nem pestanejou, continuou distribuindo os papéis: *Todo mundo tem mãe, Catarina.*

Eu baixinho, quase muda: *eu não tenho, tia.* E aquilo entrando esquisito aqui, aquela falta toda de mãe aparecendo de uma vez: *eu só tenho vó. Então desenha sua avó*, foi a solução que ela arrumou. *Desenha sua avó, Catarina, que vó é mãe duas vezes.*

Eu não desenhei.

2

Minha avó se chama Amélia e foi ela quem me criou. A gente mora no Conjunto Habitacional Paraíso, onde Vovó trabalha como zeladora. Limpa o chão, as escadas, os corredores. Recolhe o lixo, distribui as correspondências. A nossa quitinete fica nos fundos do terreno, ao lado do depósito e do escritório da síndica.

No dia em que fui pra escola pela primeira vez, Vovó me acordou cedinho e me deu um café com leite duplo. Embrulhou um pedaço de bolo de cenoura num pote de margarina reaproveitado, limpíssimo, que ela tinha deixado de molho na kiboa pra tirar o cheiro de ranço. Vovó é uma especialista em cheiros, sente cheiro de tudo. Até de medo. Deve ter sentido meu cheiro nesse dia, pois me deixou dormir na cama dela na noite anterior, coisa rara lá em casa, porque ela dizia que eu me mexia muito à noite e chutava as costelas dela.

Fomos caminhando de mãos dadas e a Vó me deixou na porta da escola. O muro colorido de dois azuis, um mais claro e um mais escuro. No meio dos azuis, o nome pintado: EMEB Visconde de Sepetiba.

Todos os dias, no fim da aula, Vovó me esperava no portão e eu saía bem faceira, com aquela sensação de dever cumprido, o sorriso satisfeito no rosto. Por isso ela logo percebeu quando, no dia do tal desenho, foi me buscar e encontrou uma Catarina amuada. A professora chamou no canto e as duas ficaram uns bons minutos conversando e tentando não olhar pra mim. Enquanto isso, eu encarava a folha vazia pensando onde a minha mãe tinha ido parar.

O caminho de volta foi silencioso, a Vó apertava minha mão de um jeito diferente. Daquele jeito que os adultos seguram a mão das crianças quando é hora de atravessar a avenida. Como se tivesse medo de que eu escapasse.

Chegando em casa, não precisei nem perguntar. A Vó me sentou na cama e começou a falar com a voz bem séria. Contou que minha mãe se chamava Suzana e que ela já tinha morrido. Me mostrou uma foto guardada na Bíblia que ficava dentro da gaveta.

Minha mãe era uma menina na foto e não tinha cara de mãe de ninguém, foi o que eu falei. Ela disse que é porque a foto era antiga. Não tinha foto mais nova, só essa. E eu fiquei olhando aquela menina Suzana que era pra ser minha mãe e era tão menina, o cabelo curto desalinhado como o meu e os olhos redondos, bem abertos, como os da Vó. Assim que a Vó saiu do quarto, fui ao espelho conferir o que eu já sabia: os meus olhos continuavam pequenos e levemente puxados pra baixo.

Como eu só tinha cinco anos, não contestei muito. Criança pequena é bom de enganar, porque se o mundo todo parece absurdo, qualquer absurdo parece normal. Aceitei minha mãe ser aquela da foto que Vovó não quis me dar e até hoje quando eu penso na minha mãe, eu ainda penso na menina Suzana guardada na Bíblia da minha avó.

3

Acabo de chegar da escola, o Gustavo está me esperando na portaria. A escola dele termina dez minutos mais cedo que a minha e ele vem de bicicleta enquanto eu venho a pé.

Nos dias em que eu não tenho faxina agendada, como hoje, a gente aproveita pra ler as revistas e os jornais que chegam no condomínio, antes dos donos pegarem. O Gustavo adora as páginas de fofoca, ama saber da vida dos outros. Ele sabe de tudo o que acontece no condomínio e foi por ele que fiquei sabendo que a Mariana do bloco A está grávida do namorado da irmã dela. E que o Diego do bloco C, o filho da Dona Sara, nunca vai se casar com a Isabela, que ele namora desde os treze anos, porque ele gosta mesmo é de meninos — e o Gustavo já viu ele se beijando com o melhor amigo atrás da pedra que tem no parque da cidade.

Essa era uma mania que eu gostava no Gustavo, é ótimo saber das fofocas dos moradores e dos famosos. Até o Gustavo mirar a fofoca em mim. Pois é o que ele está fazendo ultimamente, encrencou que quer descobrir quem é o meu pai, mesmo eu dizendo que não tenho nenhum interesse nessa conversa. Não sei se é falta do que fazer, gosto puro pela novidade ou se o Gustavo quer ter um pai pra chamar de meu, já que ele mesmo não tem um bom pai pra chamar de seu.

Pela terceira vez no dia, ele solta a mesma indireta. Tudo que eu comento de alguém, ele responde assim: *pior de tudo é nem querer saber quem é seu pai.*

Eu desencosto da parede onde estava apoiada e me endireito, deixando a coluna reta. Quero dizer que ele é chato, mas ele sabe disso. Sabe que é chato e gosta de ser chato. Ele sabe que estou fugindo do assunto e resolveu insistir pra ver até onde vai.

Eu só não acho que isso é tão importante, como você acha — respondo, num muxoxo, tentando pegar a próxima revista.

Ele afasta a revista de mim, não quer perder o fio: *não sou eu que acho, Catarina, todo mundo acha. É básico querer saber quem é o seu pai, esse é um direito que você tem, sua vó tem que te contar quem é o seu pai.*

Se o direito é meu, eu que decido. Você não tem nada a ver com isso — avanço pra cima dele e pego a revista à força — *O que você acha, a Giovana Antonelli tá a fim do Murilo Benício ou não?*

Não sei. Só sei que ela sabe quem é o pai dela — ele insiste, rindo. Eu finjo que não ouvi e emendo que acho que eles já estão juntos e que tenho certeza que tudo começou na novela: *eu sabia, as cenas são reais demais.* Ele acaba desistindo, pelo menos por agora.

Volto pra casa encafifada com esse papo. O Gustavo sabe como me tirar do rumo. Sempre evito esse assunto e falo pra mim mesma que não tem grande importância, mas é óbvio que eu tenho curiosidade de saber quem é meu pai. Se eu tive um pai. A Vó nunca falou nada de pai nenhum. Eu sei que minha mãe era nova, que não era casada. Eu já tenho uma mãe, mesmo que morta, mesmo que eu mal saiba alguma coisa dela. De vez em quando ainda pego aquela fotografia antiga pensando em como ela seria hoje, se os cabelos estariam crescidos, se os peitos seriam pequenos como os meus. Já é bem esquisito não ter uma mãe por perto, preferia não pensar em como foi que acabei não tendo também um pai.

Essa questão está martelando a minha cabeça desde o primeiro dia que o Gustavo falou sobre isso, mais uma vez essa falta esquisita querendo dar as caras e eu sem saber se devo ir atrás disso ou se devo fazer o que eu sempre faço, que é fingir que nada está acontecendo. Quem sabe de tanto fingir, um dia acabo acreditando.

Mas parece que a falação do Gustavo fez efeito, talvez ele esteja mesmo certo. Eu já tenho quatorze anos, já tenho idade suficiente pra tomar pé da situação. E sim, é um direito meu. De repente me sinto grande, crescida e madura. Todo mundo tem pai. Todo mundo. Mesmo que ele esteja morto, que esteja preso, que esteja perdido. Mesmo que seja um pai desconhecido, como está escrito na minha certidão de nascimento. Talvez a Vó também não saiba. Mas eu preciso perguntar. É isso, eu tenho o direito de saber a verdade. Me encho de coragem e resolvo que vou falar com a Vó.

Passo a tarde ensaiando. Não sei se explico que a ideia é do Gustavo. A Vó não anda muito satisfeita com o tanto que eu fico pra cima e pra baixo com ele. Decido: a ideia foi minha, mas como é que eu pensei nisso? Posso dizer que li numa revista alguma reportagem sobre pai, ou que conversamos na escola, que alguém me perguntou.

Lavo a louça toda do almoço, do jeito que ela gosta. Tiro as roupas do varal. Depois acho que exagerei, ela vai desconfiar de tanta puxação de saco. Devolvo as roupas pro varal.

A Vó chega na hora da novela das seis. Não é a novela preferida, mas ela gosta de acompanhar. Tira a sandália e senta no sofá, eu sento do lado. Ela me olha de esgueira, será que está estranhando? Fico esperando o intervalo, ainda não sei como vou dizer. Resolvo arriscar de uma vez, pergunto com a voz mansa, que sai meio rouca: *Vó, você sabe se eu tenho pai, se eu tive pai?*

Ela responde rápido, sem tirar os olhos da tevê, o tom ligeiramente mais agudo que o normal: *que conversa é essa, Catarina?*

Dá aquela vontadezinha de desistir, percebo minhas mãos suadas, mas coloco as duas debaixo das coxas, aperto um pouco os ombros e pergunto de novo, que é pra não deixar morrer a tal coragem que eu tinha engolido: *então, Vó, eu queria só saber se você sabe. Se eu tive um pai, se a senhora sabe quem é, se conhece ele, essas coisas.*

Ela nem me olha, a tevê ainda ligada. Insisto: *é que eu estava conversando com o Gustavo e a senhora sabe que o pai dele não aparece muito e tem até outra família, mas ele sabe quem é, né? Então eu também queria saber quem é meu pai.*

A conversa para nessa parte. Não acredito que acabei mencionando o Gustavo. Ainda ouço minha própria voz dizendo: *Meu pai.* A palavra *pai* saiu meio soprada e fica voando um tempinho perto da cara da Vó, que finge estar vendo tevê, quando está mesmo é pensando na resposta que vai me dar. E eu espero. Não vou desistir dessa vez.

Não falamos mais nada, mas eu não me mexo. Não sei o que está passando na novela, nem na cabeça da Vó. Lá fora o céu começa a escurecer.

Acabada a novela, a Vó desliga a tevê e vira de frente pra mim. Uma cara de quem não está muito feliz, a boca franzida segurando pros dentes não escaparem. Eu fico firme, olho de volta, mesmo já sentindo as bolas de suor debaixo do braço começarem a se formar.

Ela baixa os olhos: *eu não sei pra que esse assunto agora, viu, Catarina? Não sei pra que você quer, depois de grande, saber de um pai que nunca quis saber de você. Quem tem pai que não quer ser pai, é melhor se não tivesse, acredite em mim. Então é melhor que você nem tome conhecimento dele, considere esse assunto encerrado porque pai não faz falta a ninguém, ainda mais um pai como o seu. E ponto final.* — Levanta e vai tirar as roupas do varal. Eu fico sentada, no mesmo lugar.

4

Quando a gente tinha onze anos, o Gustavo me chamou pra namorar e eu aceitei, embora a gente não fizesse a menor ideia do que isso significava. Ele me dava metade de tudo o que tivesse pra comer e também me trazia umas cartinhas de vez em quando. Quando descobriu o nosso namoro inventado, a Vó achou graça e a Dona Luísa também. Adoravam brincar com isso: *cadê seu namoradinho? Avisa seu namoradinho que tá na hora de jantar, Catarina.* E morriam de rir com o vermelho que me coloria as bochechas.

O Gustavo é filho da Dona Luísa, a síndica do condomínio. E de um pai que dá as caras muito de vez em quando, pra dar um presente de aniversário, outro de Natal e pra reclamar do comprimento do cabelo dele. Dona Luísa engravidou quando esse homem já era casado com outra mulher e acabou tendo que criar o Gustavo sozinha. Ela passa muito tempo no escritório do condomínio que fica do lado da nossa quitinete. Por isso, desde nova eu ando com o Gustavo pra lá e pra cá enquanto minha avó e a mãe dele tratam dos assuntos administrativos do Paraíso.

Quando a gente cresceu um pouco mais, a situação mudou. A Vó começou a botar olho no Gustavo quando ele vinha me chamar pra sair e inventava logo uma desculpa pra eu não ir. Me arrumava uma faxina extra pra fazer, me lembrava do dever de casa, me mandava estudar, arrumar a cama, lavar a louça. E um dia me chamou pra conversar. Pediu que eu me sentasse por uns minutos que ela tinha umas coisas pra me explicar. Sentou bem na minha frente na mesa da cozinha, pegou uma xícara de café e ficou remexendo a colherzinha de açúcar sem parar, fazendo um barulho irritante de metal batendo no vidro da xícara duralex. Sem tirar os olhos da xícara e sem parar de mexer a colher, disse que agora eu já era uma menina crescida, tinha virado mulher e precisava saber como as coisas funcionavam.

Tentei me desvencilhar, pegando a colher da sua mão: *já tá bom de açúcar, Vó*. Fiz que ia levantar. Ela puxou a xícara pra perto do peito, embrulhou com as duas mãos e olhou pra mim. Emendou que ninguém nunca explicou isso pra ela e que ela não tinha tido essa conversa com minha mãe na hora certa e por isso agora queria acertar. A palavra *mãe* me desmontou, baixei de volta na cadeira. A Vó disse, então, bem séria, que o sangue que me vinha todo mês tinha um preço e esse preço era que eu podia engravidar. Explicou como devia fazer pra não pegar neném caso quisesse namorar: *fechar as pernas, Catarina. Fechar as pernas*. Eu podia namorar com o Gustavo, mas sempre com supervisão. Podia andar de mão dada, dar uns beijinhos e só. No resto, que esperasse o casamento. Eu concordei que sim com a cabeça e concordaria com qualquer coisa que fizesse aquela conversa acabar.

Aceitei o conselho oferecido e prometi que ia seguir todas as regras, o fantasma da mãe me pesando. As pernas fechadas, o namoro vigiado, os horários. Não posso ficar sozinha com o Gustavo em casa. Não posso sair sem avisar.

Conforme autorizado, passei a andar de mão dada com o Gustavo pra todo lado, disposta a cumprir tudo o que se espera de uma boa namorada. Almoço na casa de Dona Luísa aos sábados, domingo trago o Gustavo pra comer a macarronada da Vó e até comprei um boné de presente de dia dos namorados com o dinheiro que juntei das faxinas. Quero fazer tudo certo, seguindo as regras de Vó Amélia, mas às vezes me perco imaginando o que minha mãe teria feito, que regras ela descumpriu, que gosto tem a desobediência.

5

Três da tarde de um domingo, aquela hora em que tudo o que a gente tinha pra fazer desaparece e o tédio reina. Já lemos todas as notícias das revistas da portaria, não sobrou nada. A Vó foi dar aquela deitadinha depois do almoço e eu e o Gustavo estamos sentados debaixo da árvore número quatro, tentando sobreviver ao calor infernal que faz aqui em Cachoeiro de Itapemirim nesta época do ano. Quando éramos pequenos, numeramos todas as árvores do condomínio, de um a treze. A número quatro é a nossa preferida, fica de frente pro bloco B e perto do muro, faz uma sombra boa de sentar embaixo com as costas na parede.

O assunto pai está de volta e Gustavo está decepcionadíssimo com a falta de colaboração da Dona Luísa: M*amãe não quer me falar mais nada, só disse que sua avó veio pra cá com sua mãe já grávida e que não era pra eu me meter em assunto que não é da minha conta.*

Diferente do filho, Dona Luísa não gosta de fofoca, raramente fala da vida alheia. Perguntar de novo pra minha avó está fora de cogitação. Por isso a gente resolve partir para os moradores mais antigos do condomínio, aproveitando o dia de folga, quando todo mundo tá meio de bobeira.

O Conjunto Habitacional Paraíso é praticamente uma cidade inteira e todo mundo sabe da vida de todo mundo. Eu e o Gustavo acostamos na portaria esperando a oportunidade de perguntar se alguém tinha conhecido Suzana, minha mãe. Começamos no seu Januário, porteiro do dia, que tá aqui há uns dez anos, mas ele diz que não sabe de nada. A Dona Sandra diz que conheceu Suzana, mas que ela foi embora pouco tempo depois que mudou pra cá e não ouviu mais falar nela. Ficou sabendo mais tarde do falecimento e minha avó não gostava muito de falar sobre isso, por isso ela não perguntou mais.

A Dona Olívia abre o portão e vê a conversa rolando, se aprochega, animada pra participar. Comenta sobre um conhecido do irmão de não sei quem que já tinha ouvido falar da história da filha de Dona Amélia, que tinha se engraçado com o moço da borracharia. Mas que não sabe que fim se deu depois que foi embora dali: *ela faleceu, né, querida? A sua mãe. Tão nova. Ali onde ela foi morar era muito perigoso. Que bom que você não se lembra, era muito pequena. E sua avó te criou tão bem, que nem faz falta não ter mãe né, minha filha?*

É. Não faz falta. Quase nunca.

6

Foi no dia em que o boi caiu do morro que fica nos fundos do condomínio, atrás do predinho da administração, onde a gente mora.

Sempre tinha boi ali pastando e eles nunca caíam. Pelo menos, eu nunca tinha visto. Achava incrível a capacidade de equilibrista dos bichos. Mas, nesse dia, caiu um boi. Rolou morro abaixo e terminou preso na vala que separava o terreno do sítio do terreno do Paraíso.

Eu não vi o boi caindo, mas o Gustavo viu. Diz ele que o bicho simplesmente rolou, ligeirinho, como se tivesse se jogado. Já pensou um boi se jogar? Ou será que ele dormiu em pé? O Gustavo saiu correndo pra me chamar, eu tava terminando de tomar o café pra ir pra escola.

Isso faz tempo. Eu devia ter uns nove, dez anos. Dez, no máximo.

Quando chegamos pra tentar ver mais de perto, já tinha um amontoado de gente. Alguém tinha ligado pros bombeiros, nada a se fazer por enquanto. O boi tava do outro lado da cerca, preso no buraco, bem quieto, vivo. Esperando.

As crianças iam chegando e se enfiando por baixo da perna dos adultos pra espiar melhor.

Eu tava bem perto da cerca, quando uma menina me cutucou. O nome dela era Roberta, era uma menina nova no condomínio. Tinha se mudado com a mãe e mais três irmãos, há pouco tempo. A gente ainda não se conhecia direito. Ela me cutucou e falou: *oi, é Catarina né? Você que é Catarina?*

Eu fiz que sim. Sou eu, Catarina. Ela emendou: *sua mãe tá te chamando.*

Minha mãe.

Eu já tinha ouvido a Vó me gritar, tava fingindo que não. Era hora de ir pra escola.

Passei por baixo das pernas dos adultos de novo, me esgueirando devagar.

Minha mãe tava me chamando, foi o que ela disse.

7

Só tem uma borracharia no bairro e o nome dela é "Borracharia do Ney". *A gente tem que ir lá, Catarina. Só pode ser ele o seu pai* — o Gustavo está decidido. Fica combinado pro dia seguinte, depois da escola. Vamos buscar o tal pai que eu havia de ter.

O dia seguinte chega e a gente ruma até a borracharia. Gustavo vai na frente, eu atrás. Ele pergunta pelo Ney. O rapaz que está na porta fumando um cigarro aponta com o queixo pra dentro da oficina, onde um outro moço agachado roda um pneu de uma moto enquanto passa uma esponja cheia de espuma de sabão.

Você que é o Ney? — o Gustavo questiona. Sem interromper o que está fazendo, o moço olha de lado, deixando aparecer os olhos puxados quase escondidos debaixo de sobrancelhas grossas e muito alinhadas, como dois pequenos tapetes de capacho daqueles que ficam nas portas dos apartamentos do Paraíso. *Não*, responde.

Diante da nossa paralisia e absoluto silêncio, continua: *Neivaldo era meu pai, meu nome é Renan.* Levanta e vai buscar uma mangueira. Joga a água fraca no pneu, tirando o sabão que aos poucos escorre em direção à calçada. *Tá certinho agora, meu chapa* — fala se dirigindo ao moço da porta — *vinte e cinco conto.* Recebe o dinheiro da mão do outro e guarda no bolso de trás da calça. Sai andando em direção ao fundo da loja.

O Gustavo dá dois passos pra trás até encostar na parede onde eu já estava e pega minha mão. Faz que vai embora, me puxa de leve virando pro lado da rua. Mas eu não quero ir. Me imbuo de toda ousadia que um dia pensei em ter e largo a mão dele.

Sigo devagar o caminho que o Renan tinha feito e encontro ele na frente de um tanque de água com um pneu mergulhado. Como se tivesse só me esperando pra continuar a conversa, ele dispara: o *nome dele era com i, mas quis colocar o ípsilon pra ficar mais bonito. Quando ele morreu, resolvi manter o nome da borracharia, já tinha fama aqui no bairro.*

Entendi — falo, enquanto tento processar as informações. O Ney então era Neivaldo, o ípsilon era só pra enfeitar. Já tinha morrido e passado a borracharia pro filho, que, embora fosse o borracheiro da borracharia do Ney, se chamava mesmo era Renan. Era o Renan o meu pai, então, só podia ser. Ou era o Ney? O Neivaldo? Quando é que o Neivaldo tinha morrido? Quantos anos tinha o homem que estava ali parado na minha frente? Quantos anos tinha a minha mãe quando me teve?

Aquele rapaz que estava com você é seu namorado? — pergunta o Ney. Ou melhor, o Renan. Não respondo. Ele insiste: *O gato comeu sua língua, menina?*

Não tinha comido, atesto passando a língua nos dentes enquanto decido como responder. Resolvo arriscar tudo, preciso resolver logo isso: *então, Renan. Meu nome é Catarina, sou filha de Suzana, você deve lembrar, ela foi sua namorada, eu acho. E eu sou sua filha, eu acho.*

É tudo o que eu digo, e ele só concorda, acenando que sim com a cabeça. Não chora, não grita, não me abraça, só balança a cabeça e fala, sem parar de rodar o pneu que tem na mão: *muito bem Catarina, eu sei quem você é, é neta de Dona Amélia. Se é minha filha, eu já não sei, mas parece que dizem que é. Fui namorado de Suzana, sua mãe, mas isso tem muito tempo. Foi antes dela cair na vida.*

Antes dela cair na vida, ele fala.

Antes dela cair na vida.

Fico sem reação. É claro que eu sei o que é isso de cair na vida, já ouvi falar sim, eu não sou besta. Eu só não consigo entender por que ele está falando isso da minha mãe se ela já tinha morrido, com quantos anos mesmo? Se ela já tinha morrido e se era tão nova e tão filha da minha avó. Como ele podia estar falando isso assim, do nada? Como é que minha mãe teve tempo de cair na vida se morreu tão nova? Só pode estar é doido esse pai borracheiro que sabe quem eu sou e sabe de tanto mais sem eu nem ao menos saber.

Mas não falo nada disso. Ele fala o que tem que dizer e eu não falo nada, as perguntas todas bem presas na minha cabeça. Fico muda, não sou acostumada a falar assim, na hora. Na maioria das vezes eu ensaio o que vou dizer antes de dizer. Eu já tinha programado falar "sou Catarina, sou sua filha", esqueci de planejar o que acontecia depois. Ele também não diz mais nada, o que encurta bem a conversa, aquele silêncio todo sobrando e o pneu na mão rodando, rodando.

Saio de lá enfezada e desconto no Gustavo que está esperando na porta sem saber de nada. Grito que me deixe em paz, que a culpa é dele que me fez passar por isso, que desgraça, eu nunca devia ter procurado saber de pai, bem me disse minha avó. Vou bufando e andando três passos na frente dele, sem olhar pra trás.

8

Já tem quase uma semana que estou ruminando esse encontro e nem comer não como, a Vó logo desconfia. Começa a me cercar, quer perguntar o que aconteceu, mas não acha o momento. Eu fujo, evito ficar muito tempo sozinha com ela, ocupo os meus dias com dever de casa, tarefas e saídas repentinas.

Também estou evitando o Gustavo. Não quero ouvir a opinião dele sobre nada disso, e estou voltando da escola por um caminho diferente, entro pelo portão dos fundos do condomínio e tento não cruzar com ele. Ontem passei por ele de relance na portaria, quase voltei pra gente não ter que se esbarrar. Ele me viu, deu um tchau rápido de longe, e saiu. Acho que entendeu que eu não estou a fim de conversa.

Gasto todas as minhas horas livres na frente da tevê, deixando alguém decidir no que eu devo pensar, já que eu não quero ter o trabalho de pensar os meus próprios pensamentos. Toda a curiosidade que eu tinha acabou e estou decidida a não saber de mais nada do meu passado, da minha família, de mim, nem de ninguém, quero só fingir que nada disso nunca existiu e a única história complicada que quero acompanhar é a da Jade, que não consegue fugir do Said e está apaixonada pelo Lucas. O ponto alto do meu dia é o capítulo novo da novela que eu assisto com a Vó, sem falar nada, juntas apenas fisicamente, porque a gente só tem uma tevê e eu preciso saber como todo mundo da novela ainda não sabe que o Leo é um clone se ele é a cara do outro. Não consigo entender como colocam o mesmo ator pra fazer duas pessoas de idades tão diferentes, fica bem esquisito o Murilo Benício querer parecer ter dezoito anos.

A Vó está incomodada com a minha pasmaceira, eu vejo. Nos intervalos da novela, tenta começar uma conversa, me pergunta se eu quero um chá, eu respondo que não. Às vezes pego ela olhando pra mim no meio do capítulo, como se tivesse tentando entender o que vai aqui dentro da minha cabeça. Mas eu não quero conversa nenhuma, saio do sofá assim que começam os comerciais e só volto quando ouço a musiquinha avisando que vai começar de novo.

Eu manteria esse esquema por vários dias, ainda. Quero fingir que nada aconteceu, quero esquecer que um dia pensei em perguntar por um pai, quero só voltar a viver minha vida normal sem ter que pensar no fatídico dia que fui àquela borracharia.

Mas hoje eu não consegui escapar. A Vó fez um bolo de cenoura, do jeitinho que eu gosto, deixou em cima da mesa. Assim que eu cortei um pedaço e sentei na mesa da cozinha, ela sentou na minha frente: *pode me contar tim-tim por tim-tim tudo que a senhorita aprontou pra estar assim desse jeito, Catarina. Já estou sabendo que você mais Gustavo foram parar lá na Borracharia do Ney.*

A revelação de que ela já sabia me desarma. E eu decido contar.

Conto então ter conhecido um pai que eu pensei que queria ter. E conto que ter um pai diferente do que eu queria era pior do que quando não tinha pai nenhum, ela estava certa, eu tinha que admitir. Conto ter ouvido que minha mãe tinha se jogado na vida e conto não saber direito o que aquilo queria dizer. Conto tudo entre soluços atrapalhados, chorando a dor do abandono duplo da menina que fui por tanto tempo e por ter me descoberto órfã de pai vivo, filha de uma mãe morta que não conheço e nem sei se queria conhecer, tão perdida e tão cheia de falta por opção alheia.

A Vó me ouve calada e com aquele olhar de "eu te avisei" que eu tanto temia. Não fala nada. Vó Amélia não é muito boa com as palavras.

No dia seguinte, avisa que eu posso ficar em casa e me dispensa das faxinas da semana, talvez seja o jeito dela de dizer que me entende ou que tem pena de mim. Aceito a folga e resolvo sofrer o que preciso sofrer, não tenho vontade de falar com ninguém, chego da escola direto pro quarto e me enfio nas cobertas, mesmo com o calor que faz nessa cidade. Só quero ficar no meu canto, suando e remoendo o quanto a vida é injusta pra mim.

9

É domingo de manhã. Vovó me acorda cedo e diz que a gente vai sair. Está toda arrumada com a roupa de igreja e penso que talvez ela vá me levar pra confessar meus pecados, eu bem que mereço.

Aceito e me apronto. Penteio o cabelo, que há tempos não vê um pente. Amarro com uma xuxinha num rabo baixo, molho um pouco a parte de cima pra amansar os arrepiados. Coloco o tênis e a calça jeans que uso pra ir pra escola, espero pra ver se ela vai reclamar que eu devia colocar o vestido, mas ela nem olha pra mim.

Já na rua, passamos reto pela igreja, seguimos até o ponto de ônibus. Esperamos um bocado até que chega o carro que ela quer e partimos pro outro lado da cidade, quase uma hora de viagem. Não falamos nada pelo caminho. Eu não pergunto aonde estamos indo. Penso em algo pra dizer, mas prefiro não falar nada. Não saberia por onde começar.

Descemos próximo a uma praça, em um bairro que eu não conheço. O dia quente que só e a gente ali parada, no sol, enquanto a Vó procura alguma coisa dentro da bolsa. Tira um espelhinho, ajeita o batom. Eu bem curiosa pra entender que lugar é esse e porque a Vó está assim empertigada.

É uma praça comum: uma árvore no meio, um parquinho com piso de areia esturricado, dois balanços, um escorregador de metal com a pintura descascada, brilhando no sol. Totalmente deslocado o escorregador, fora da sombra da castanheira. Dá pra sentir a quentura de longe. A superfície lisa de tantos bumbuns que ali já desceram. Sinto vontade de arrancar ele de lá, impedir que queime os bumbuns desavisados. Consertar aquela cena, colocar aquele escorregador mais perto da árvore ou a árvore mais perto do escorregador. Não é possível que ninguém tenha percebido que não está bom, não está certo. Está tudo fora de lugar.

Coloco as mãos fazendo sombra nos olhos pra tentar enxergar melhor a vizinhança, mas a Vó termina de se ajeitar e me puxa pelo antebraço, já de caminho pensado. Nos embrenhamos num monte de ladeiras e ruas que não consigo gravar o nome, embora leia cuidadosamente cada plaquinha que passa, tentando marcar o caminho. Deixo em cada esquina que viramos os pedaços da unha que vou cortando com os dentes e cuspindo, espalhando minha ansiedade por aí.

Perco as contas das esquinas dobradas. Estamos na frente de um sobrado amarelo, no final de uma rua sem saída, no alto da ladeira. O muro da frente bem baixinho, com uma grade vazada, dá pra ver uns matinhos perdidos crescendo pelas rachaduras do piso cimentado da parte de dentro. Nos fundos, um varal de corda, com um montão de roupas penduradas. Todas de mulher. Ainda do lado de fora do portão, fico esperando pra ver o que a Vó vai fazer. Nós duas em frente ao portão aberto pelo tempo infinito de uns três minutos.

Uma moça começa a recolher as roupas que estão penduradas no varal. É um pouco mais velha que eu, talvez uns dois ou três anos. Tem o cabelo crespo todo puxado pra trás, a pele escura, a boca pintada de rosa. Quando nos vê, faz que vem na nossa direção. Armo um sorriso como é natural fazer quando você chega na casa de alguém, mas olho pra Vó e o sorriso dela está bem fechado, por isso atino que talvez seja de bom tom ficar séria e guardo o sorriso, de volta. A moça que vinha na nossa direção não vem, dá uma olhada pra Vó como quem diz que já entendeu e entra na casa gritando: Marileeeeeeena.

Mais alguns minutos com jeito de anos e a tal Marilena aparece. Eu olhando pro chão, reparando nas formigas que fazem fila perto dos chinelos na soleira da porta. A Marilena calça um deles sem nem olhar pras formigas e esmaga umas três. Os pés pequenos com micro-unhas pintadas de vermelho. Minha avó segura forte minha mão, o que me faz olhar pra ela. Com o braço livre, aponta a Marilena como quem oferece a mão à palmatória: *Catarina, taí sua mãe.*

10

Eu fico bem confusa. Completamente perdida. Primeiro, porque minha mãe estava morta. Segundo porque, na minha cabeça, minha mãe é uma menininha e é essa imagem de mãe que eu tenho, mesmo que eu saiba, no racional, que não é assim. Eu sei que gente de doze anos não tem filho, não cai na vida, não tem um namorado chamado Renan e nem uma filha chamada Catarina. Mas quando eu ouço a palavra mãe, é aquela menininha que me vem à cabeça, sua mão na frente do vestido e os olhos bem abertos mirando pra fora da foto. E não essa mulher com cabelo oxigenado e pés nitidamente desproporcionais ao resto do seu tamanho na minha frente.

Além disso, o nome da minha mãe é Suzana e isso todo mundo sabe, na foto da minha avó está escrito Suzana, na minha certidão de nascimento também e eu nunca ouvi falar de Marilena nenhuma.

Fico parada esperando alguma revelação extraordinária, mas não acontece nada. Absolutamente nada.

Marilena olha pra minha avó com cara de poucos amigos. Ignorando o anúncio que tinha acabado de ser feito e aparentando não se importar nem um pouco com a minha presença, não fosse pelo olhar de esgueira, diz com a testa apertada: *que palhaçada é essa, Dona Amélia?*

Minha avó coloca um pé no degrau do portão, mostrando que quer entrar. A Marilena sai andando na frente, abre a porta da casa, aponta um sofá onde sentar. Pergunta se a gente quer água e vai pegar antes de ouvir a resposta. No caminho, grita pra moça que estava no varal que cuide do feijão no fogo, pra não queimar. Volta com dois copos de água bem gelada, eu chego a ensaiar pedir pra misturar com água quente porque não gosto de água muito gelada, mas pra evitar confusão eu aceito o copo e fico esquentando ele nas mãos antes de bebericar.

A Marilena, que até então não tinha botado os olhos diretamente em mim, puxa uma cadeira, senta na minha frente e fica me esperando falar. Desvio e fico olhando pro chinelo dela pra ver se ainda tem alguma formiga fugida do quintal, mas só vejo os dedinhos miúdos de Marilena que em nada parecem com os meus, compridos e ossudos.

Ignorando completamente meu desvio, Marilena sustenta o olhar. A Vó em silêncio de cara amarrada. Sem tirar os olhos de seus dedinhos curtos, faço a primeira pergunta que me vem à cabeça: *eu tenho uma irmã?*

11

Desde pequena eu tenho um sonho que se repete. Nesse sonho, eu estou numa rua deserta, em um lugar que eu não conheço. Não consigo ver nada ao redor, eu só vejo a rua, o resto está embaçado. É uma rua de asfalto, bem comprida, e não tem ninguém lá, só eu. Também não me vejo, porque é um daqueles sonhos que a gente acompanha com os nossos próprios olhos e não como se fosse alguém espiando de fora.

Na maioria das vezes não acontece nada, eu só sei que estou ali nesta rua, sozinha. Muito sozinha. E muito triste. Quando a tristeza aperta até ficar insuportável, eu acordo. Suada, com o coração acelerado e vontade de chorar.

Em algumas noites, eu não acordo e o sonho continua. Nessas noites eu, no sonho, resolvo caminhar por essa rua. Vou caminhando devagar até que vejo uma menininha, de costas, no final da rua. Tento alcançar essa menina, mas ela começa a andar na direção oposta. Eu ando mais rápido, mas ela continua se afastando. Eu corro, corro, corro e quando finalmente vou alcançar, ela se vira pra mim e eu vejo que ela não está sozinha. Ela está de mãos dadas com uma mulher.

As duas me olham, depois se viram e voltam a caminhar na direção oposta. Eu não vou atrás, eu fico. E então eu acordo, nas poucas noites que consigo sonhar até o fim.

É um sonho horrível, porque eu fico o tempo todo com uma sensação muito ruim. Uma solidão que me dói fisicamente. Uma solidão que eu conheço, que eu experimento, todos os dias.

Eu não tive irmão nem irmã na minha infância, nem primo eu tive. Passava a maior parte do tempo brincando sozinha no Paraíso, embora tivesse muita criança por perto. O conjunto é grande, tem um parquinho de areia e criança a rodo, mas eu não tentava me enturmar. O Gustavo me fazia companhia quando a Dona Luísa estava no escritório, mas quando alguém chamava pra uma brincadeira, era o primeiro a se oferecer. Tentava me levar junto, mas eu preferia ficar de longe, olhando. Via as crianças correndo e pensava que se eu fosse atrás delas não ia conseguir alcançar. Embora eu corresse bem rápido, não seria suficiente. Ia cair, ia me perder. Ficava sentada, assistindo. Em algumas horas, desejava que passassem por mim, que me chamassem. Em outras, desejava que caíssem. Uma vez desejei tão forte que uma das crianças tropeçou no meio-fio e caiu de boca no chão. Fiquei me sentindo culpada por meses, com a impressão de que fui eu quem provoquei a queda, com a força do meu pensamento.

Acredito muito na força do pensamento. Meu passatempo preferido quando eu era pequena e Vovó estava vendo novela era me deitar ao seu lado, fechar os olhos e imaginar as cenas que aconteciam, dando imagem àquelas vozes que eu ouvia na tevê. Eu pensava forte, muito forte, até as pessoas tomarem corpo e a história se desenrolava na minha imaginação. Vez ou outra eu pensava tão forte que não ouvia mais o que estavam dizendo e montava minhas próprias falas dentro da novela que se passava na minha cabeça. Acreditava tanto nas histórias que eu criava que tinha dúvida se realmente tinham acontecido ou não.

Por sempre me sentir muito só, gosto de imaginar que a menina do sonho é minha irmã e que um dia a gente vai se encontrar. Seria bom ter alguém pra dividir a solidão.

12

Não, eu não tenho uma irmã, nem um irmão, é o que Marilena responde.

Ali na casa tem algumas crianças, mas nenhuma é filha dela. E é isso. Eu tenho tanto mais pra perguntar que não sei por onde continuar e o olhar de Marilena me intimida muito. A Vó percebe e toma a frente, começa a explicar que Marilena na realidade se chama Suzana e que tinha mudado de nome pra ninguém saber da sua vida passada. Que ela engravidou nova e que tinha saído de casa porque o meu avô não aceitava a gravidez e ela não queria se casar com o Renan. Então ela saiu de casa e daí em diante foi cuidar da vida dela e resolveu ser puta e que isso a Vó não podia aceitar e por isso resolveu dizer pra mim que minha mãe tinha morrido porque era melhor ser filha de morta do que filha de puta. Termina de falar e cruza os bracinhos rechonchudos em cima da bolsa, desviando o olhar pra janela.

Eu não sei como continuar essa conversa. Mais uma vez não ensaiei nada e por isso não sei quais das falas estão reservadas pra mim. Eu posso gritar com a Vó, posso até xingar.

Posso dizer que ela não tinha o direito de decidir por mim. Posso pedir mais explicações, posso perguntar pra Marilena por que ela nunca me procurou. Posso chorar. Posso abraçar a Marilena. Posso, posso, posso. Mas não faço nada. Fico parada, calada e não faço ideia da expressão que tenho no rosto. Só sei que Marilena desiste de me olhar e começa a falar do tempo, conta um caso rápido sobre uma parede com infiltração na casa, diz que precisa resolver. Pergunta à menina, que se chama Teresa, se pode passar um café.

Traz umas xícaras bonitinhas, nos serve, espera a gente tomar. Depois fala que gostou da visita, mas que tem compromisso. *A menina pode voltar quando quiser* — e olha pra mim. Minha avó se levanta, dizendo que ela não se preocupasse, pois isso não ia acontecer. *Só trouxe Catarina pra ela ver como a mãe dela vive, se é que isso pode se chamar de vida. Tenho certeza que agora esse assunto está encerrado* — essa última frase Vó Amélia diz mirando bem em mim.

Segue em direção à porta e Marilena corre na frente. Eu sei que estou junto, mas não vejo qual é a minha posição nesta cena.

E assim deixamos aquela casa sem qualquer outra explicação ou cerimônia. O batom da Vó já apagado e deixado na borda da xícara, mas ela não faz questão de retocar. Eu tão desatinada que só consigo botar reparo no sol a pino que racha a cabeça da gente, aumentando a vontade de ir embora.

O caminho de volta é mais rápido. Eu e Vó Amélia apostando quem fica mais tempo calada. É tanto pensamento que não consigo colocar em palavras. Quero chorar pra desfazer o bolo da garganta, mas só encontro as lágrimas quando chego em casa e afundo a cara no travesseiro. Ainda assim, é um choro estranho, agarrado, demora a sair, fica entalado no nariz.

Vó Amélia não vai me consolar, não me faz bolo e nem chá, como é de seu costume fazer quando me vê triste. Senta na mesa da cozinha e começa a catar o feijão, decide ficar sozinha com todos os seus silêncios, enquanto eu tento arrumar um lugar pros meus.

13

Duas semanas se passaram desde o dia em que conheci minha mãe. A Vó não me falou mais nada sobre o assunto. *Tenho certeza que agora esse assunto está encerrado*, foi o que ela disse. Então, eu também não perguntei.

Reconstruí tanto esse dia na minha cabeça que é quase como se ele não tivesse existido. Quase como se fosse uma invenção minha.

No capítulo de ontem da novela, a Jade fugiu do Said. Finalmente. Fiquei impressionada vendo ela tão corajosa, pegou a filha, deu remédio para os empregados e foi embora. Parece absurdo, mas isso me deu uma coragem estranha. Fui dormir cheia das ideias, com muita vontade de fazer alguma coisa.

Acordei com o plano certo: preciso ver Marilena de novo. Não sei o que vai acontecer quando eu aparecer por lá, não sei nem se ela vai me receber bem, mas ela tinha dito que podia voltar, não tinha? Ela tinha dito, sim. Que eu podia voltar, quando quisesse.

Repasso na cabeça o itinerário, o número do ônibus que a gente pegou, a praça, o caminho até a casa amarela. Enquanto isso, o Gustavo me conta a novidade do Seu Carlos da padaria, que tinha colocado pra fora a mulher que estava se engraçando com o Seu José da banca de revistas.

Fico maturando esse plano durante a aula, ensaiando, ensaiando, pra ter coragem de colocar em prática. No final da aula, aviso o Gustavo, que quer ir comigo. Eu digo que não. E vou, sozinha.

Quando chego à casa amarela, já somos outras. A casa, a rua, a esquina e principalmente, eu.

Eu já não sou Catarina, filha de uma Suzana morta e eternizada na foto da Bíblia de minha avó, uma menina sem cor. Agora eu sou Catarina, filha da puta, filha de Marilena, uma moça grande, cheia de corpo, os cabelos alaranjados e as unhas pequenas vermelhas. Me sinto maior, mais forte e mais colorida também.

Chego sem avisar, mas diferente da primeira vez que não sabia nem onde colocar as mãos, vou entrando e procurando aquela que foi apresentada como minha mãe. Logo noto que a diferença que eu sinto na casa não está só na minha cabeça, nem na minha postura. O varal recolhido, os chinelos da porta nos pés de suas donas. As cadeiras da sala estão em círculo, o sofá puxado pro canto. Tem pelo menos o triplo de mulheres do que de cadeiras, sentadas no chão, em almofadas ou em pé, encostadas na parede. Marilena está em uma das cadeiras do círculo, ao lado de uma mulher mais velha.

Todos os olhares voltados pra esta mulher que, no centro da roda, fala. Sua voz ficará gravada na minha mente por muitos anos, uma entonação cantada de quem vem de outra cidade, talvez de outro Estado — um r que puxa mais forte, vibrando na língua e agarrando no meio das palavras grandes. Os cabelos grisalhos presos por uma fivela dourada com uma joaninha na ponta. Uma delicadeza que descombina. Não sei se é alta, pois está sentada, mas sua presença enche a cadeira e a sala toda. Gesticula largo e fala olhando nos olhos das outras mulheres, que só fazem balançar a cabeça. Marilena, a seu lado, fica miudinha, embora seja bem encorpada.

As palavras viram frases e no meio delas se ouve repetido: *puta* — como se fosse uma palavra qualquer. Eu cresci acreditando que puta fosse palavra proibida e vergonhosa, usada só pra xingamento, por isso não consigo evitar o estranhamento de ver que alguém se refere com tanta naturalidade a si mesma e às outras como puta.

Puta, ela diz, *nós, as putas. Vamos mostrar que puta é coletivo, é plural. E que não se deve mexer com as putas e com as filhas e os filhos das putas.* As filhas das putas — e ali estou. Um sentimento de pertencimento que até então eu não tinha experimentado. Eu sou uma delas, sou filha de uma puta. Isso de alguma forma me define.

Marilena me vê e sorri sem mostrar os dentes, não se mexe. Procuro, então, um lugar pra me aboletar. Me encosto na parede a uns três palmos da porta e fico ouvindo aquela senhora discursar sobre lutas e reinvindicações, tudo o que eu nunca tinha ouvido dizer, mas que tinha a impressão de já estar dentro da minha cabeça de tão fácil que assentava.

Então ela para de falar e é a vez das outras.

A moça do lado de Marilena começa a dizer: *fui criada por um padrasto, ele me batia muito. Comecei a fazer progra-*

ma pra sair de casa, não fazia mal a ninguém, mas quando ele descobriu me colocou pra fora. Minha mãe morreu ano passado e ele não me deixou nem ir ao enterro. Uma outra interrompe: o *dinheiro não é fácil como dizem. Tem hora que você sai com bêbado, tem cliente que eu tenho nojo, quero logo tomar um banho, tirar esse cheiro de mim. É um trabalho difícil, como todos os outros. Foi com esse trabalho que comprei minha casa, comprei carro. Com esse dinheiro que eu faço feira, supermercado, tudo.*

Uma terceira levanta a mão pedindo a palavra: *eu já tô cansada, passou a época que eu tinha gosto na profissão. Hoje a competição é muito grande. Mas não tem aposentadoria pra puta, né? Ninguém vê a gente como ser humano. Somos discriminadas, já apanhei na rua. Quando fico doente, quem é que vai trabalhar no meu lugar? Ninguém.*

Enquanto elas falam, a mulher que está no centro da roda faz anotações. De vez em quando interrompe falando dos direitos, de recolher INSS, de fazer parte do sindicato. Os relatos vão aumentando a ponto de eu não saber mais quem fala o quê. *O que eu tiro só dá pra comer,* uma diz, enquanto a outra conta que usa o dinheiro pra pagar a faculdade. *Sou mãe, sou avó, tenho uma vida estável, mas não quero ficar nessa pra sempre,* uma outra explica que queria ter planos pra aposentadoria.

Quando a reunião acaba, eu ainda estou encostada na parede. As mulheres vão saindo aos poucos e Marilena se despede das amigas sem tirar os olhos de mim.

Assim que terminam de sair, Marilena vem na minha direção. Começa a falar e falar como se contasse a história de outra pessoa, sem se abalar nadinha. Diz que eu tinha nascido por teimosia dela, contra a vontade de todo mundo. Que o namoro com Renan não era sério, era bobeira, e que não era pra dar casamento. Mas que, na cabeça das pessoas, moça solteira não podia ter filho. Conta que meu avô não era boa pessoa e que minha avó tinha tentado fugir dele algumas vezes, mas acabava voltando. A última vez que ela viu meu avô foi quando eu estava pra nascer e ele deu uma surra de vara de mamoeiro nela, porque ela tinha avisado que não ia se casar com o Renan. Nesse dia, minha avó juntou as posses, a filha e a neta que estava na barriga, foi embora e não voltou mais. Foi nesse dia que ela conseguiu o emprego de zeladora e se mudou pro Paraíso. Duas semanas depois, eu nasci.

A história me deixa desbaratinada, porque eu não lembrava de ter ouvido falar do meu avô. Vó Amélia nunca me falou do seu passado. Me dou conta de que eu sei pouquíssimo sobre ela, sobre mim e sobre quase tudo. O mundo parece grande à beça pra caber dentro do Paraíso.

14

Ainda não sei se tenho raiva de Marilena, se perdoei, se entendi. Nem sei se tenho que perdoar. Não sei também se tenho raiva de minha avó, ou de quem quer que seja que eu devia ter raiva. Só sei que não dá pra deixar de saber o que eu agora sei, não dá pra voltar a ser a Catarina de antes. Ainda preciso descobrir o que vai ser a partir de agora.

Volto pra casa morrendo de medo do brigueiro que vou levar. Meu plano original era cabular a última aula pra ir na casa de Marilena. Inventei pra Vó que precisava ficar na escola para um trabalho, pretendia voltar no ônibus das três da tarde e chegar antes de encerrar o expediente dela, sem precisar falar nada sobre a visita. Só não contava com aquela tal reunião que demorou pra caramba e eu ainda tinha uma vida inteira pra saber.

No caminho, ensaio as desculpas. Explicaria pra Vó, o trabalho atrasou, me distraí, fui lanchar com uma amiga. Que amiga? Eu quase não tinha amiga. Com Katiuscia, pensei numa colega que ela não conhecia. Me distraí, Vó — ela sabia que eu era distraída. Ia me oferecer comida, eu não podia comer porque tinha saído pra lanchar, era essa a história, era importante manter. Eu sempre fui péssima mentirosa, não podia me entregar.

Entro no Paraíso e de longe percebo que minha avó não está sozinha em casa. As luzes todas acesas e as janelas abertas denunciam visita, a Vó gosta de apagar tudo pra economizar e as janelas só ficam abertas de dia, que é pra não dar mosquito. Me aproximo da porta de entrada, que também está aberta, e vejo que a Vó está em pé, no meio da sala, dentro de um círculo com mais sete mulheres de olhos fechados. Cada uma delas tem uma Bíblia na mão esquerda, a mão direita estendida em direção à Vó, no centro da roda formada no vão estreito entre o sofá e a tevê. Todas falam ao mesmo tempo, menos a Vó, que, de olhos fechados, chora.

Sem saber distinguir o que diz cada uma, pesco palavras como "Misericórdia", "Aleluia", em meio a muitos suspiros: *ouve tua serva, Senhor, todos os inimigos cairão por terra, pelo sangue de Jesus.* De longe, parecem que falam todas ao mesmo tempo, mas quando presto mais atenção percebo que tem uma líder. É uma senhora, está com um vestido cinza-claro com estampa de flores pequenas e manga três quartos. Ela fala alto, tem uma voz imponente, me lembra uma política em cima de um palanque. Ela fala e as outras repetem, alternando com um *Amém* cheio de ar: *Livra, senhor. Livra, senhor. Livra tua serva da vergonha. Livra tua serva da vergonha. Pelo sangue de Jesus. Pelo sangue de Jesus. Livra essa casa do engano. Livra essa casa do engano, Senhor! Livra tua serva do engano, da feitiçaria, da mentira. Livra, Senhor! Livra tua serva da prostituição, da pornografia, do homossexualismo.* Livra, Senhor! *É pelo teu nome que clamamos, senhor.* Sim, senhor! *Pelo teu santo nome! Amém, Jesus!* — as vozes ficam mais altas e emocionadas. *Dez mil cairão de um lado, dez mil cairão de outro e sua serva não será atingida.* Livra, senhor! *O senhor dará ordens, para os teus anjos, para proteger essa casa, para livrar tua serva! Manda teus anjos, Senhor!*

No centro da roda, a Vó continua de olhos fechados, abraçando forte a Bíblia que guarda a foto de minha mãe. *Em nome de Jesus, pelo poderoso sangue de Jesus é que clamamos* — vocifera a mulher, agora em ritmo mais lento, mas igualmente alto. Dessa vez ninguém a repete. Abrem os olhos e dizem em uníssimo: *Amém*, e nessa hora Vó Amélia olha bem em minha direção e finge que não me vê.

Eu continuo na porta daquela casa que não parece ser a minha. A Vó foi rumo à cozinha, seguida por duas das mulheres. Outras três sentaram-se no sofá, uma está em pé perto da janela. A moça do vestido cinza com flores vem na minha direção e me estende a mão: *Olá, Catarina, eu sou Shirley. Ouvimos falar muito de você. É um prazer te conhecer.* Aperta a minha mão bem firme: *Venha, entre, nós vamos lanchar agora.*

Eu entro. Como uma convidada, na minha própria casa. Não sei quem são essas mulheres. Tem um bolo de cenoura em cima da mesa, eu reconheço o bolo de cenoura da minha avó. Elas pegam os pedaços de bolo com as mãos, do lado os pratinhos duralex intactos. A Vó não gosta que coma com as mãos, por conta do farelo, mas não está prestando atenção. *Vai dar formiga, o farelo* — falo baixinho.

Elas não estão me ouvindo. A Shirley se vira pra mim: *o que foi, querida? Venha, pegue um pedaço.*

Não, obrigada, eu já comi — respondo, lembrando da coerência. Eu já comi, eu estava com uma amiga lanchando, eu tinha preparado todas as desculpas que a Vó não se preocupou em ouvir. A Shirley me coloca um copo de refrigerante nas mãos e me aponta uma das cadeiras da mesa. Sento e ouço ela me contar algo sobre sua filha, ela tem uma filha, um pouco mais velha do que eu. Lá na igreja tem muitos outros jovens da minha idade, eu ia gostar. Me pergunta da escola, do trabalho, da minha vida, mas não são perguntas de verdade, todas as perguntas são respondidas por ela mesma, emendadas uma na outra e eu só preciso fazer *u-hum* e ela continua sem parar, por alguns minutos, até que o bolo acaba, e não sobrou nem o farelo, o bolo acaba e elas somem todas juntas, com potinhos de margarina na mão, os embrulhinhos que a Vó fez. Elas saem e fecham a porta e a Shirley vai com elas e eu fico.

Ficamos eu e a Vó, na cozinha. Ela termina de arrumar a mesa, cata os pratinhos que não foram usados e guarda. Lava a vasilha do bolo. Varre o chão, devagar. Nenhum sinal de cara feia. Eu ainda com o copo na mão. *Vai tomar, filha?* Respondo que sim com a cabeça. *Passa uma água quando terminar.* Levanta com ar de cansada e vai deitar.

15

Depois da visita do grupo de mulheres, a Vó começa a frequentar a Igreja Batista do Paraíso quase todo dia.

Já eu, pelo menos um dia por semana, saio corrida da escola pra pegar o ônibus que me leva à casa amarela. Ainda não decidi o que sentir com relação à Marilena, mas me sinto atraída por aquela realidade tão diferente do Paraíso.

Passo a tarde ouvindo os casos das putas e ali aprendo um monte de coisas que nem sabia que uma mulher precisava saber. Roupa, unha, cabelo. Meninos, beijos, sexo. Como ter filho e como não ter filho. O que mostrar, o que tapar, onde encostar, como fazer. Tudo isso aquelas mulheres me ensinam sem nunca precisar dar aula, eu observo e absorvo, como uma esponjinha que encontrou uma torneira aberta.

Sinto que preciso aprender tudo ao mesmo tempo: ser menina, ser filha, ser mulher, ser Catarina. Tudo na casa de Marilena parece grande, alto, barulhento. O oposto da casa pequena e silenciosa onde fui criada por minha avó, quarto e sala do tamanho exato pra não caber mais ninguém.

Na casa amarela, sempre cabe mais gente. São quatro quartos, onde moram nove putas, duas crianças e Teresa.

Teresa tem dezessete anos e é a única da casa que não é prostituta, e sim sobrinha de uma delas. Todas as outras mulheres da casa se juntam pra pagar um salário pra ela, que fica responsável pela limpeza e pela cozinha durante a semana. Muitas vezes, quando eu chego na casa, só tem ela pra conversar.

Já a tia de Teresa, Rosângela, é a única além de Marilena que tem um quarto inteiro só pra ela. As duas são as mais velhas da casa. Rosângela é responsável pela cobrança das outras meninas, recolhe o dinheiro todo mês pra pagar o aluguel e as contas. Tem um ar mal-humorado que me intimida um pouco e quase não dirige a palavra a mim.

Ela e minha mãe combinaram tudo quando eu engravidei. Que eu viria morar com ela pra parir por aqui mesmo e ninguém me ver de barriga. Acabei ficando. Aqui pelo menos ninguém me enche o saco — Teresa mostra um porta-retrato no canto. Na foto, um menininho de chupeta com a camiseta do Batman — *meu garotão não é lindo? Ele acha que sou irmã dele, me chama de Tetê. E chama a avó de mãe, claro. Prefiro assim, nem tenho idade pra ser mãe de ninguém.*

Mas isso que Teresa fala não é bem verdade. Isso de que ninguém enche o saco dela. O que eu mais vejo acontecer na casa amarela é uma se meter na vida da outra. Uma mistura de se gostar e se tratar mal, um ranço cheio de familiaridade. Vivem dando alfinetadas, fazendo brincadeirinhas e insinuações. E ninguém leva desaforo pra casa. Teresa, especialmente, fala tudo o que quer, pra quem quiser, o que me deixa embasbacada.

É terça-feira o dia em que chego à tarde na casa de Marilena e presencio a maior discussão que eu já tinha visto ao vivo. Digo ao vivo, porque já tinha visto em novela. Mas não sabia que a vida real podia ser assim.

Rosângela e Teresa estão na sala, discutindo. Segunda é o dia de folga das putas e eu costumo vir nesse dia porque o clima na casa fica divertido, como se fosse um domingo. É o dia em que elas aproveitam pra colocar o papo em dia, retocar as unhas, pintar os cabelos. Mas nesta segunda tive prova e não consegui vir. Combinei com Teresa que vinha na terça pra ela me ajudar a colar as unhas postiças que comprei na tentativa de me obrigar a parar de roer as originais.

As duas estão gritando uma com a outra e na discussão Rosângela diz: *nem consegui descansar ontem de tanta preocupação, sua ingrata!* — enquanto ergue os braços na direção de Teresa como se fosse dar na cara dela, mas não deu.

Teresa, varrendo a sala, tenta se explicar, também aos gritos. Diz que atrasou, que perdeu a hora. Que o rapaz era gostoso e ela quis ficar. Que podia fazer o que quisesse com a vida dela e dar pra quem quisesse. Rosângela berra que ela é uma desgraçada duma sobrinha ingrata e merece arder no inferno pra sempre. Entra no quarto e bate a porta fazendo barulho pra encerrar a discussão.

Eu continuo parada na entrada da casa torcendo pra que Teresa não responda mais, que fique quieta, nervosa com o tanto que ela tinha respondido. Mistura de admiração e repulsa que me dá ver uma cena como essa, tia e sobrinha brigando alto e forte, eu acostumada a tratar tudo com silêncio, desde menininha.

Entro pisando leve pra não ser notada, mas Teresa me mete no meio do tiroteio: *Você sabe, Catarina, que Tia Rosângela tem ciúme de mim? É ciúme que fala, tia? Ou é inveja mesmo? Inveja deste corpo durinho que eu tenho, tudo no lugar. Dos meus peitos naturais, da minha cara sem ruga. Inveja purinha.*

E continua desfiando o rosário de provocações numa voz bem alta pra ver se a tia ouve mesmo com a porta fechada: *não quer me deixar ser puta, porque sabe que vou roubar os clientes dela. Prefere que eu fique aqui varrendo, cozinhando, me enfeiando. Pois ela que me aguarde, ela que me aguarde. Hoje eu dou de graça, pro vizinho, pros amigos, pros inimigos, pra quem eu quiser. Mas quando eu fizer dezoito anos, ninguém me segura. Ninguém me segura* — simula com a vassoura, indo e vindo com os quadris e o cabo no meio das pernas.

As outras passam pela sala e riem da cena, achando graça da menina atrevida que desafia a tia em alto e bom som. Eu faço à Teresa um gesto com a mão pedindo que pare, tentando demonstrar minha preocupação quando vejo a porta do quarto abrindo, mas Teresa não me dá atenção.

A tia sai resoluta, com um porta-retrato na mão, a cabeça erguida, os olhos vermelhos e secos. Anda firme até Teresa e segura a vassoura com força, acabando com o espetáculo. Teresa se desequilibra e perde a pose, tenta encarar a tia e não consegue. Faz que vai pegar o porta-retrato dourado com uma das mãos, mas Rosângela é mais rápida e joga o objeto na parede. O som do vidro quebrado ressoa por um segundo, até que Teresa grita um sonoro EU TE ODEIO e corre pra pegar a foto no meio dos cacos, a imagem do filho sorridente com a camiseta do Batman. Sai batendo o pé pela porta de casa.

Eu vou atrás.

16

Assim que pisamos na rua, Teresa desata a chorar. Antes mesmo que eu pergunte qualquer coisa, ela começa a me dizer que a tia quer controlar a vida dela, que não aguenta mais, quer ser livre, independente, quer mandar no próprio nariz.

Até vir pra Cachoeiro, ela não sabia o que tia Rosângela fazia. Só sabia que ela morava aqui e mandava dinheiro pra casa, um dinheiro que Teresa não ia arrumar em Burarama e que, portanto, veio pronta pra fazer igual. Quando chegou, não ficou surpresa de saber que tia Rosângela era puta. Era como se ela já soubesse, só faltava ver. Ficou mais surpresa quando a tia não deixou que ela seguisse o mesmo caminho. Disse que só deixaria quando ela completasse dezoito anos, se ainda quisesse. Até lá, ganhava um dinheiro pra fazer faxina na casa e cozinhar pras outras. Ela também tomava conta de duas crianças que moravam na casa, enquanto as mães saíam pra trabalhar à noite. Por isso, segunda-feira era o único dia que Teresa tinha pra viver a sua própria vida, podia sair, voltar tarde, sem ter que cuidar de ninguém.

Mas a tia não entende isso, ela me diz. Não entende e fica encrencada com ela, cobrando que chegue cedo, que se cuide, que isso e aquilo, como se ela já não estivesse cansada de saber que tem que se cuidar, mas isso não quer dizer que ela não podia viver um pouco, né? Ela podia.

Eu já fiz muita besteira na minha vida, Catarina, mas agora é outra história, eu já sei me cuidar. A primeira vez que eu engravidei, tinha mais ou menos a sua idade, novinha demais, né? Não tinha nem feito quinze anos. Não sabia de nada, transei achando que era tudo só alegria, olha que nem foi uma transa tão boa assim, se eu soubesse o que sei hoje... seria muito diferente, ah! se seria... Mas, transei, engravidei, que é assim que acontece, né? Quanto mais nova, mais fácil de pegar barriga. O pai não quis saber de nada, sumiu no mundo, disse que o filho não era dele.

O filhinho de Teresa se chama Joaquim e fica com a mãe dela enquanto ela trabalha em Cachoeiro. Quando veio a gravidez, Teresa escondeu até não poder mais. A mãe desconfiou e foi falar com ela, que acabou contando. Apanhou muito do pai, pensou até que ia perder o bebê. Chegou a querer que o bebê se fosse, mas ele não foi. Continuou crescendo forte dentro dela, até que nasceu e não deu pra fingir que ele não estava ali. A mãe de Teresa se apegou demais ao menino e adotou ele como filho. O pai-avô acabou aceitando. E Teresa ficou aqui em Cachoeiro pra trabalhar e mandar dinheiro pra casa. Rosângela vivia pros lados de cá desde a idade de Teresa e também tinha deixado um filho pra mãe criar. A mãe de Teresa pensou que se tinha dado certo pra Rosângela, daria pra filha também.

O problema é que Tia Rosângela acha que eu ainda tenho quinze anos, mas eu não tenho! Eu já tenho quase dezoito! Já sei transar sem fazer filho, já sei tirar filho, sei gozar, sei ser puta, sei fazer um homem gozar três vezes na mesma noite. Não adianta me tratar como uma idiota, porque eu não sou idiota, eu sou muito mais esperta que ela, muito mais! — Teresa vai andando e falando e chorando, engasgando palavras com lágrimas e catarro, sem segurar nada.

Eu atrás, tento acompanhar seus passos rápidos e decididos, observo seus gestos, seu tom de voz, capturo tudo o que ela diz como quem abre uma caixa com um tesouro, cheia de curiosidade, mas com medo de tocar. Sinto uma atração por Teresa, uma vontade de ser como ela, corajosa, decidida. Ao mesmo tempo, não sei lidar com tanta intimidade, o que fazer com tudo isso que ela está me contando?

Quero me aproximar de Teresa, quero ser como ela, quero que ela seja minha melhor amiga. Sinto uma familiaridade estranha por essa moça desbocada e tão cheia de atitude.

Decido que quero fazer parte disso, o jeito das putas me encanta. Quero me sentir no meio delas, entrar e sair quando bem quiser, gritar, brigar, chorar. Volto pra casa fantasiando o que eu diria se brigasse com a Vó como Teresa briga com Rosângela, todas as verdades que eu ia dizer pra ela e me vejo chorando e andando, e gesticulando, até que percebo que estou vendo Teresa e não eu, aquela cena não combina em nada comigo, não consigo sequer me imaginar fazendo tudo aquilo que Teresa fez, não consigo me imaginar brigando com alguém, quanto mais com a minha Vó.

17

A Vó agora só quer saber de igreja. É verdade que ela já frequentava de vez em quando, mas agora ela vai quase todos os dias depois do expediente pro grupo de oração com Shirley e as outras amigas. Quase não vejo ela em casa e, quando vejo, não temos muito o que dizer uma à outra. Sentamos e assistimos a novela, que disso ela não abriu mão, mesmo tendo ouvido um pastor dizer que novela é coisa do diabo.

É verdade que nunca tivemos muita conversa, mas a situação piorou bastante depois que ela virou crente fervorosa, vive sisuda por aí, e as implicâncias com Gustavo estão maiores do que nunca. Me proibiu de ir na casa dele quando Dona Luísa estiver fora, não posso nem chegar perto da porta e se estou em casa de tarde estudando ou vendo tevê, ela aparece de vinte em vinte minutos pra buscar alguma coisa que esqueceu, passa o olho pra ver se ele não está por lá.

Outro dia, resolveu revisar minhas gavetas. Falou que eu precisava usar roupas mais decentes e começou a achar ruim toda vez que coloco um short curto ou uma blusa de alcinha. Estou ignorando, é obvio, porque faz calor pra caramba em

Cachoeiro e não tem lógica ficar suando dentro de casa. Já não basta a escola, onde sou obrigada a ir de calça jeans.

Por isso, quando saio, coloco uma roupa na mochila e troco assim que tenho oportunidade de sair da escola. Quando lembro, entro no Paraíso e coloco a calça jeans de volta no banheiro do condomínio só pra não ter que ver a cara de desaprovação da Vó. Mas, às vezes, esqueço e se ela me vê pelo caminho só falta me comer de raiva com os olhos.

Gustavo é o único que parece me entender. Quanto mais o tempo passa, mais perto de Gustavo eu quero estar, porque ele é a única pessoa que acompanha de perto o antes, o depois e o durante de tudo na minha vida. Meu elo comum entre a Catarina neta de Vó Amélia e a Catarina filha de Marilena. Só ele conhece as duas Catarinas e gosta das duas.

As conversas com as meninas na casa amarela me instigam e eu não vejo a hora de voltar pra casa e estar com ele. Curioso que é, adora ouvir minhas aventuras na casa das putas.

Ele gosta das roupas, das unhas novas, gosta das coisas que conto sobre Teresa. Morre de rir dos casos, diz que não imagina a cara que eu faço quando elas contam e eu garanto que não faço cara nenhuma e ele me faz repetir exatamente tudo o que elas disseram, mas não consigo sem ficar vermelha.

Estou ainda empenhada em manter o namoro com roupa, lembro do conselho da Vó, mas a roupa pode ser mais fina e o short pode ser mais curto e a saia dá pra levantar um pouquinho sem tirar, ainda é um namoro de roupa, eu acho.

Em uma das tardes na casa amarela, resolvo conversar com Teresa sobre mim. Ela está cozinhando e eu sentada na mesa da cozinha, como sempre, nossa posição costumeira nas tardes em que eu vou visitar, as outras moças acordam tarde, a Teresa começa a preparar o almoço perto da hora que eu chego.

A conversa é sobre garotos e ela sabe do meu namoro. Quer saber se ele é bem-dotado e eu digo que não sei. Ela não acredita. *Dá pra sentir, Catarina! Né possível! Ele não fica duro quando vocês se pegam?* Fica sim, eu digo. E conto pra ela que, às vezes, quando tô com Gustavo, eu percebo o volume dentro do short dele: *dá pra sentir, fica grande e mais quente.*

Também tem vezes que a gente se encosta mais um pouco e ele se esfrega devagar em mim e eu deixo, mas isso eu fico com vergonha de contar. Fico com vergonha também de dizer que uma vez ele tinha colocado minha mão pra dentro da calça dele e que eu tinha segurado sem saber o que fazer. E que morria de medo. Tinha medo da Vó chegar, da Dona Luísa chamar. Não sabia o que fazer com aquele latejamento no meio das pernas e arrumava uma desculpa pra ir embora. Chegava em casa esbaforida e sentia escorrer um pouco dentro de mim.

A Teresa percebe que eu tenho mais a dizer: *e você gosta? Gosta de sentir o pinto dele, Catarina?*

Gosto — tenho certeza de que estou vermelha. Lembro do Gustavo e fico mais vermelha ainda, o sangue fervendo no rosto.

Claro que gosta, safadaaaaa — Teresa desliga o fogo e vem pra mesa. Pega uma das bananas que está na fruteira — *Vou te mostrar como fazer um agrado nele.*

A Teresa segura a banana com uma das mãos. Com a outra, começa a alisar, devagar. Me manda imaginar que a banana é o negócio do Gustavo. Me mostra como pegar na base, passando a outra mão de cima até embaixo. Diz que posso fazer com a boca, mas que é melhor começar com a mão mesmo, que é mais fácil. Me ensina a fazer o movimento de vai e volta, pra cima e pra baixo, pra cima e pra baixo, aumentando o ritmo. *Vai fazendo cada vez mais rápido, até terminar. Com isso eu te prometo que o Gustavo vai estar na sua mão, literalmente*, ela fala, enquanto eu rio desatada.

18

O Gustavo simplesmente adorou a novidade. Não me dá sossego. Escola de manhã, casa de Marilena à tarde e, à noite, enquanto a Vó vai pros encontros da igreja, a gente se pega nas escadas, procurando os pontos onde não acendem as luzes de emergência. Todo dia ele quer minha mão nele e eu repito: pra cima e pra baixo, pra cima e pra baixo.

Adoro a sensação de poder que isso me dá, em como ele fica derretido, vermelho, suado, nervoso, até dizer que não aguenta mais e tirar minha mão. Adoro me sentir gostosa, adoro saber deixar ele doido, mesmo com todo o medo que tenho de ser flagrada por alguém. Precisamos arrumar um lugar melhor do que as escadas.

Sábado é dia de faxina e às vezes ele vai me acompanhar. Fica do lado de fora do bloco, esperando. Se o dono do apartamento não está, deixo ele entrar pra me fazer companhia. Nesse sábado, a faxina é na casa da Dona Sandra e ela está viajando, deixou a chave comigo.

Assim que entramos, tranco a porta e me jogo no sofá. Ele vem pra cima de mim, minha mão na calça dele, o esquema que a gente já sabe e o pra-cima-pra-baixo vai ficando mais demorado, a minha mão na calça dele e as mãos dele todas em mim, parecem muito mais que duas. Ele tira minha blusa, eu sinto um ventinho gelado, o bico enrijece, ele me toca devagar, as mãos frias.

Eu quero, mas não quero, não sei. O beijo começa a ficar meio desencontrado. Na hora em que ele tenta colocar a mão dentro do meu short, eu travo. Pego na mão dele, desvio, coloco a blusa de volta.

Acho melhor eu começar a faxina, Gustavo — digo sem muita convicção. Ele aceita. Diz que passa mais tarde lá em casa e não falamos mais nisso.

Na semana seguinte, resolvo assuntar de novo com Teresa. Conto pra ela que o que ela me ensinou tinha dado certo, mas que o clima ficou estranho quando o Gustavo tentou colocar a mão dentro da minha calcinha e eu não deixei. Que tinha medo. De quê? Não sei. Tinha medo de não gostar, de gostar demais. Ele também não estava muito à vontade com a manobra, acho. Mas eu queria ir além. Peço ajuda: *que que eu faço?*

Você vai ter que ensinar pra ele — me diz Teresa, me puxando pra dentro do banheiro.

Vou te mostrar — ela tranca a porta. Achei que ela fosse tirar a própria roupa, mas quando eu vejo, já está desabotoando o meu short: *primeiro você desabotoa logo o short, que já deixa o caminho livre.* Vai falando enquanto libera o zíper, a respiração quente a dois dedos de mim, eu meio dura sem saber pra onde olhar.

Fecha o olho, Catarina, imagina o Gustavo agora. Eu obedeço. *Antes deixa ele te alisar onde você gosta, pede pra ele ir devagar* — fala enquanto passa a mão pelo meu pescoço. A mão dela é quente, não é gelada como a do Gustavo. Do pescoço ela passa pro peito, eu sem sutiã com a blusa de alcinha, a Teresa alisa devagar o contorno, rodeia o bico pequeno, endurecido. Dali pra barriga e vai descendo: *depois que você já estiver bem molhada você bota a mão dele pra dentro da calcinha, assim. Abre um pouquinho só a perna.* Abro. Os olhos fechados me deixam um pouco tonta, ou será a mão dela na minha calcinha, não sei, o carinho inusitado, esfregando de leve, sinto um formigamento que já tinha sentido antes.

Pede pra ele colocar o dedo devagar, hum, olha aqui, já tem creminho de graça. Melhor que KY. Um dedo só, aqui na entradinha, que é pra pegar um pouquinho e daí espalha aqui pra fora, rodeando o grelo. É aqui que fica teu grelo, tá sentindo? Eu faço que sim com a cabeça, sem conseguir dizer palavra. A Teresa esfregando pra cima e pra baixo, pra cima e pra baixo, parecido com o que ela tinha me ensinado com a banana, pra cima e pra baixo, mantendo o ritmo. *Aí você diz quando for pra fazer um pouco mais rápido. Um pouco mais rápido*, falo. *Pra ele* — ela ri e faz um pouco mais rápido, um pouco mais rápido, até que sinto minha perna tremer e pego a mão dela: *tá bom, Teresa, já entendi* — um calor me subindo no pescoço. A Teresa cai na risada: *eu te fiz gozar, Catarina.*

19

Dizem que comer e coçar é só começar. Pois gozar também. Já faz uns bons meses que eu não quero mais nada. Saio da escola correndo, direto pra ver o Gustavo. Esqueço de almoçar, esqueço das tarefas que a Vó me pede pra fazer. Até da casa de Marilena esqueci um pouco.

Espero ansiosa pelas oportunidades de ficar sozinha com ele e essas oportunidades começam a aparecer aos montes. A Dona Sueli do bloco C viajou por duas semanas e deixou a chave do apartamento comigo pra fazer faxina e arejar os quartos. A Vó sai pra passar consulta umas duas vezes por semana e a gente sabe que pode contar umas boas horas sem ela voltar e se larga no sofá sem pressa. No final de semana, a Dona Luísa faz as unhas das moças do bloco B e a gente calcula cinco pé e mão, no mínimo, o que dá pelo menos duas horas sem interrupção.

A escada ficou pra trás. Logo aprendemos a fazer tudo o que a gente sempre soube, mesmo sem saber. Dedo, mão, boca, língua, nariz, cotovelo. Até deixo ele entrar de vez em quando, mas tem que tirar antes, do jeito que Teresa ensinou, derrama nas coxas, pra não pegar neném.

A Vó começou a reparar nas minhas ausências demoradas e tenta controlar meus horários, mas não consegue, eu sou boa de arrumar desculpas pra sair. A verdade é que a gente se afastou muito, nos últimos tempos. Ela está sempre ocupada com as atividades da igreja, dorme cedo, às vezes não aguenta nem esperar a novela terminar, cochila no sofá mesmo.

Dona Luísa não bota empecilho no namoro. Verdade é que Dona Luísa faz gosto de me ver com o Gustavo. Costuma dizer que sou como filha pra ela, me chama pro jantar, me dá umas roupas que ficaram apertadas. Desde que eu era pequena, ela tem apego comigo. Quando ia trabalhar no escritório do Paraíso, levava um biscoito, um bombom, um agrado. Vó Amélia também tem muita estima por Dona Luísa e costuma dizer que ela é muito esperta e sabida, apesar de nova, e que, como já tinha vivido muita coisa, sabia diferenciar gente boa de gente má, assim como ela.

Hoje é sábado e a gente está na casa do Gustavo. Falamos que era pra assistir um filme que a gente pegou na locadora. O filme está lá passando, sozinho, o plano era demorar ainda quase uma hora, mas Dona Luísa voltou pra casa mais cedo, alguém tinha desmarcado o horário da unha. Pegou a gente com a boca na botija. O Gustavo em cima de mim, com a roupa abaixada. Eu com a saia levantada. Os dois com cara de amassados, suados, culpados.

Puxo a saia com um pulo, o Gustavo corre pro banheiro. A Dona Luísa finge que não viu nada e passa direto pra cozinha, grita de lá se eu quero ficar pra jantar, respondo que sim, Dona Luísa. E trato de me recompor. Amarro o cabelo, me abano na janela, espero o sangue esfriar. Depois vou pra cozinha ter com ela, como se nada tivesse acontecido: *precisa de ajuda, Dona Luísa?*

Não me chama de dona, Catarina, pode me chamar só de Luísa — ela me passa umas salsichas pra picar enquanto refoga o alho pro molho de cachorro-quente — *Você sabe que te tenho como uma filha, né?* Eu faço que sim com a cabeça, mas ela não está olhando pra mim: *sabe, não sabe?*

Sei sim, Dona Luísa — respondo agora em voz alta.

Não me chama de dona, Catarina, pode me chamar só de Luísa — ela me serve um copo de Coca-cola bem gelada, enquanto o molho pega fervura. Começa a me contar um caso de uma freguesa que tinha engravidado nova, que nem ela. Diz que a cliente trabalhava em loja, mas quando teve o filho teve que largar, pois não tinha quem cuidasse e *agora taí, desempregada*, presa a um marido que ela não gosta mais, mas que tinha que aguentar porque não tinha como se sustentar. E emendou contando como foi difícil pra ela criar o Gustavo sozinha, já que o pai do menino não quis assumir e a família dela não quis ajudar, porque não admitia mãe solteira. Daí ela aprendeu a fazer unha no curso do Senac, ainda grávida, porque precisava de ter alguma profissão bem rápido, teve que se virar pra dar conta de se sustentar. Já tinha me contado a história algumas vezes, sobre como brigou com todo mundo e resolveu viver sem ajuda de ninguém. Dizia que nasceu em berço de ouro, cresceu com tudo do bom e do melhor. Casa, comida, roupa lavada, aula de balé, de pintura, de piano. Curso de inglês até, se quisesse, mas nunca quis.

Aí apareceu o Antônio, o pai do Gustavo. Caí no conto dele, você acredita, Catarina? Achei que ele ia me assumir, que ia largar a mulher, que a gente ia fugir. O plano era casar escondido e morar em Vitória, perto da praia, construir uma casa. A Dona Luísa me explica como ia ser a casa: *ia ser grande, Catarina, ia ser uma casa com varanda, com piscina, a gente ia ter de tudo.*

Até que veio o Gustavo. Antes da hora. Quando a Dona Luísa descobriu que estava grávida, o pai do Gustavo caiu fora. Largou a bomba na mão dela e a bomba virou o Gustavo e *ninguém quer dividir a bomba se não é dono da barriga, né, Catarina?* Dona Luísa fala e olha pra mim. Eu concordo, sem saber se devia concordar. *Sempre sobra pra gente, Catarina, lembra disso.*

Eu sei, Dona Luísa, eu sei.

20

Daqui a dois dias, eu completo quinze anos.

A idade que minha mãe tinha quando me teve. A idade que Dona Luísa tinha quando conheceu o pai do Gustavo.

Não vai ter festa, não vai ter bolo, o mês de outubro chegou de supetão e eu já disse pra Vó que eu não quero nada. Na casa de Marilena, ninguém nem sabe que meu aniversário está chegando, não avisei ninguém. Ela provavelmente passou tantos anos fingindo que eu não existia que nem se lembra mais. Na escola, as provas do fim de ano se aproximam e eu enfim vou terminar o ensino fundamental e começar o ensino médio. É definitivo, eu já não sou uma criança.

O Gustavo acaba de me contar que está se preparando pra prestar prova pra escola técnica, na capital. Estamos os dois sentados no sofá da casa dele, os pés pra cima da mesinha de centro onde Dona Luísa deposita a coleção de fotos dos dois. Uns dez porta-retratos, alguns com mais de uma foto. Tem Gustavo bebezinho, Gustavo com dois anos e uma mamadeira, Gustavo com uma beca na formatura do pré, Gustavo com doze e um skate na mão.

Eu olho pras fotos e penso no que vai acontecer depois que ele for pra capital, se vai ter foto do Gustavo com uniforme da escola nova, depois com o diploma. Ele fala do cursinho preparatório que a mãe arrumou e o pai pagou a contragosto. Se o Gustavo não passasse na prova ia ter que devolver o dinheiro com juros, trabalhando numa das lojas dele. O Gustavo não gosta do pai e gosta menos ainda da ideia de ter que trabalhar em uma loja de móveis e por isso me garante que vai se empenhar bastante com os estudos pra ver se não apanha mais essa dívida pra pendurar na conta da mãe, que lhe garantiu que ficasse tranquilo que não ia deixar o pai obrigar ele a nada.

Que mãe legal é Dona Luísa, digo pra ele, lamentando não ter uma mãe pra me fazer estudar. De pronto me lembro que agora tenho mãe, mas ainda não consigo pensar em Marilena assim. Ela também não parece ter o menor interesse em me ver como filha, parece bem pouco interessada em mim e nunca me perguntou nada sobre escola. Na verdade, nunca me perguntou nada de nada. Embora a gente se veja com frequência, pra mim é como se eu tivesse descoberto uma prima de longe, uma parente distante que eu não conhecia.

Vó Amélia, embora seja a melhor vó do mundo, não sabe ser mãe e já faz muito tempo desde a sua época de estudante, nem lembra mais como é isso. Ela sabe ler e escrever, tem uma letrinha linda, bem redonda, que exibe nos cadernos de receita. Gosta de me ver estudar e fazer as tarefas de casa e fica toda orgulhosa por eu passar de ano sem recuperação. Mas para por aí. Além disso, esse ano ela está mesmo muito mais interessada nas coisas da igreja e acho que a única escola que ela está preocupada em me fazer frequentar é a escola bíblica.

Então, enquanto Gustavo se prepara pra estudar na capital, eu vou fazer o quê? Pegar umas faxinas a mais, a Vó cada vez dando conta de menos, o pouco dinheiro que eu não uso pra ajudar em casa guardo na bolsa que escondo na gaveta de calcinha, poderia algum dia pagar um cursinho, quem sabe, uma passagem, quem sabe, uma bicicleta ou um carro, quem sabe, eu não sei.

Como será quando o Gustavo for morar longe e o que será das minhas tardes vazias sem ele, é a pergunta que eu vou embora sem conseguir responder. Andando pelo condomínio em direção à quitinete me lembro do compromisso que a Vó pediu que eu fosse, na igreja. Ia ser noite dos jovens e adolescentes, a filha da Shirley estaria me esperando. Resolvo que vou sim, vou lá na igreja da Vó. Melhor do que ficar em casa fazendo nada.

21

A filha da Shirley se chama Shirlene, que falta de criatividade. Ela está na porta da igreja e me recebe com uma empolgação um pouco exagerada, se adianta na minha direção e me abraça forte, como se me conhecesse há muitos anos: *então você é a famosa Catarina?*

Antes que eu diga que sim e que pergunte por que eu seria famosa, começa a me apresentar a todos os jovens que estão por perto: *Marina, essa é Catarina, a filha da Dona Amélia. Mateus, esta é Catarina, é a primeira vez que ela vem aqui, não é Catarina? Júlia, esta é Catarina, minha amiga* — vira pra mim — *a Júlia tem a sua idade, Catarina.*

Olho pra Júlia, uma moça alta que parece ter pelo menos cinco anos a mais que eu. Ela está muito bem arrumada, de salto alto, cabelo escovado e maquiada, e eu péssima no meu vestido desbotado. Tento alinhar os ombros pra parecer mais alta, a Júlia me apresenta ao rapaz que está do lado dela: *Gerson, meu namorado. Vem, senta com a gente.*

Sigo os dois pela igreja. Ela escolhe a terceira fila de bancos, eu sento na beira, do lado da Júlia. Uma música começa a tocar, é a senha pra dizer que vai começar, todos os jovens fazem silêncio. Alguns fecham os olhos.

Eu já tinha ido em alguns cultos na igreja batista, mas o encontro de hoje é diferente. O piano antigo que fica no canto da igreja está fechado. Um grupo animado está tocando vários instrumentos: guitarra, violão, bateria, teclado. Agora passamos da música inicial pro momento do louvor, segundo o papel que tenho nas mãos, com a ordem do culto. As letras das músicas estão no papel, eu leio e canto junto, a banda toca bem. Começo a entender por que a Vó gosta tanto da igreja, o clima é mesmo bom e as pessoas são simpáticas e educadas. Depois da música, um casal jovem sobe no palco da frente e é o momento da mensagem. A Júlia me sussurra que *este pastor é massa*, e ele começa a contar casos engraçados. Conta pra gente como conheceu a moça do seu lado, sua esposa. A moça também fala, eles alternam, ela conta como tinha um sonho e esse sonho era encontrar um rapaz respeitoso, trabalhador, bonito, e na hora que fala *bonito* ela ri e faz graça: *bem, pelo menos eu acho.* Todo mundo ri, inclusive eu. Mas o rapaz é mesmo bonito.

A moça segue contando que tinha esse sonho e ela queria se casar, mas não encontrava o seu prometido. Fez um combinado com Deus. Eu acho engraçado alguém fazer um combinado com Deus, lembro das promessas que a Vó fazia quando eu era pequena, deve ser parecido. E a moça mulher do pastor fez, então, um combinado com Deus e esse combinado era de que ela se manteria pura e que ela não namoraria ninguém até que o tal rapaz aparecesse e quando ela tinha dezoito anos esse moço lindo (e a gente ri novamente) aparece na igreja e diz que quer namorar com ela.

Moral da história é que deu tudo certo, já acabou o momento de rir. A mulher do pastor está falando agora com as moças da igreja. Ela começa a dizer: *você não quer um rapaz especial na sua vida, assim como eu? Que te ame e te respeite, que te trate como uma princesa? Eu sei que você quer.*

Todas as moças concordam, eu também concordo. É óbvio, todo mundo quer ser tratada como uma princesa e agora é o moço que está com o microfone e ele fala pros rapazes, ele pede pra que eles levantem. O namorado da Júlia não quer levantar, ela cutuca e diz: *levanta* — e ele levanta. O pastor espera um pouco até ver todos os moços de pé.

E vocês também querem ser dignos das princesas que estão aqui nessa noite, não é, rapazes? — pergunta o pastor marido, olhando pra todos e pra nenhum deles. Ninguém fala nada, é uma pergunta pra não ser respondida. Mas é claro que eles querem, todo mundo quer ser digno de uma princesa. *Pois então* — continua o pastor — *sejam puros. Porque isso agrada ao Senhor.*

E os rapazes continuam de pé, ninguém sabe se já pode sentar. O namorado da Júlia senta, aos poucos os outros namorados sentam, os solteiros também e ninguém diz nada. A Júlia levanta, pede licença. Vai se juntar a outras moças que estão no fundo da igreja, o moço do piano começa a tocar. Não sei se o culto já acabou, mas ainda está todo mundo sentado e o pastor ainda lá na frente com a esposa. Acho que ainda não acabou.

As pessoas que estavam nos fundos começam a passar pelas fileiras com papéis na mão, distribuindo, com canetas. Entregam um pra cada pessoa que está na igreja. Eu pego um, o Gerson da Júlia também pega. Nele está escrito: *Quem ama espera. Deixe aqui o seu compromisso.*

Uma única caixinha aguarda um x: *Eu escolhi esperar.*

22

Tô cheia de raiva. Será que Vó Amélia sabia o que ia rolar no culto de jovens hoje quando pediu que eu fosse? Será que ela fez de propósito? Me enfiar nessa furada, as moças que querem ser princesas, os príncipes obrigados e eu escolhi esperar? Quem escolheu esperar? E esperar o que, por que, pelo amor de Deus?

Volto pra casa lembrando de Shirlene toda contente em ver a *famosa Catarina* e imaginando o que é que a Vó deve ter falado de mim pra ela. Pois eu vou agora é confrontar Dona Amélia, vou contar pra ela que não quero esperar é nada, que não vou mais seguir as regras dela, que sou eu quem vai decidir a minha vida.

Acabado o culto, eu saí correndo, dei um tchau pra todos de longe. Mal me despedi da Júlia, que estava muito constrangida depois de ter discutido com o namorado Gerson, que não quis assinar o papel.

Eu também não queria assinar, mas assinei, porque estava todo mundo assinando. Certeza que é isso que a Vó queria, né? E sei lá se tinha alguém me vigiando, então eu assinei.

Chego em casa esperando ver a Vó sentada no sofá, mas ela não está. Chamo por ela, acendo as luzes, procuro no banheiro, na cozinha. Nem sinal da Vó.

É hora da novela e a Vó não está, a Vó não perde a novela por nada. Vou até o escritório de Dona Luísa, não tem ninguém. Apresso o passo pelo condomínio até chegar novamente na guarita, pergunto pro seu Edimilson: cadê a Vó, seu Edimilson, o senhor viu?

O seu Edimilson também não sabe da Vó. A Vó não perde a novela, nunca. Quinze anos com a Vó e ela nunca perdeu a novela, onde está minha avó?

Seu Edimilson se oferece pra ajudar e vamos buscar Dona Luísa, saímos os três pra procurar.

Vasculhamos o Paraíso todo. Batemos nas portas das vizinhas, Dona Luísa interfona pras clientes, pras amigas, pras inimigas. Ninguém sabe de Dona Amélia. Gustavo vai até a padaria, passa na farmácia, procura até na borracharia do Ney e se ninguém sabe de nada, Renan também não sabe, pra que que ele ia saber, pra que servia esse pai, não servia pra nada. Sentamos no escritório do condomínio e eu ligo pra Marilena, que também não tem serventia. Ligo pra Shirley, que pergunta pras outras senhoras do grupo de oração, mas ninguém viu Dona Amélia hoje.

Caço a caderneta de telefone da Vó e vou ligando pra todos os números, um por um, ligo até pra irmã da Vó, a tia Odete, de quem eu não tenho notícia há mais de cinco anos, mas tia Odete nem mora mais no mesmo lugar, o número não era dela.

Ninguém sabe da Vó.

Dez e meia da noite, a novela acabada e nada da Vó. Quando eu já não sei mais onde procurar, o telefone do escritório do condomínio toca. É a Janine do bloco C, que é enfermeira, trabalha na Santa Casa. Ficou sabendo do sumiço, tinha encontrado a Vó, estava ligando do hospital.

Que aconteceu, Dona Luísa?

Espera, Catarina, deixa eu conversar.

A Vó tá no hospital?

Sim, Janine, obrigada por avisar.

Me diz, Dona Luísa.

Vou falar com Catarina sim, já estamos indo praí.

Estamos indo pra onde, Dona Luísa? Onde ela tá? — Faz que *péra* com a mão e eu num nervoso só.

Vamos pro hospital, Catarina. Chama um táxi pra gente, Gustavo, liga lá pro ponto. Vamos pro hospital, Catarina, que sua avó está lá.

23

Foi um carro chique, disseram, ninguém viu, ninguém anotou a placa. Na frente dos Correios. *O que você foi levar nos Correios, Vó?* Ela não respondeu, fechou de novo os olhos.

O fêmur quebrado, ou foi a tíbia, a clavícula também, não lembro mais qual osso, mas é muito, está muito quebrada a Vó. Perdeu sangue, bateu a cabeça, está roxa, atropelada, tadinha, por um carro chique. Pelo menos era chique o carro, faz diferença se não fosse?

O hospital lotado, na enfermaria tem gente muito pior, demos sorte de conseguir a vaga, diz Dona Luísa, a Janine é um anjo. Mesmo assim eu só consigo pensar na minha avó daquele jeito, não vejo sorte nenhuma. Vó Amélia sempre tão forte, tão firme, assim tão mirrada.

Atropelada em frente aos correios, uma avenida grande, a Vó não era boba, ela sempre atravessava na faixa, mas hoje não. Hoje não. Onde estava a Vó com a cabeça?

A moça da enfermaria entra de novo, quer falar comigo. Manda chamar minha mãe: *quem é o responsável pela Dona Amélia? Preciso conversar com um adulto.* Me pede um número de telefone. Ela quer falar com minha mãe, eu não tenho mãe. É Marilena minha mãe, não é? Eu paralisada. A moça me encara, a sobrancelha erguida me questionando e eu sem dizer nada, baixo a cabeça pensando em dizer que eu não tinha mãe, mesmo agora tendo. Quando eu tomo coragem de abrir a boca, ela vira as costas: *ah, ela tá ali.* E sai andando em direção à Dona Luísa.

Espero as duas terminarem de conversar, enquanto aliso a coberta no pé da Vó, o pé dela tão gelado, por que faz tanto frio nessa enfermaria? Dona Luísa vem chegando e coloca a mão em cima da minha. Reparo seu esmalte descascado, ela não tem tempo de fazer a dela porque está sempre fazendo as unhas das outras moças? Ou será que a acetona tira umas partes do esmalte dela quando vai limpar os cantos das unhas das clientes? Enquanto eu penso nisso ela conta o que a moça falou, a moça que achou que ela era filha de Dona Amélia, a moça que achou que Dona Luísa era minha mãe.

Falou que minha avó tinha um problema nos rins, era anterior ao acidente, não tinha nada a ver com o acidente, era grave o problema, tinha que fazer tratamento, mas Vó Amélia ainda não tinha feito, estava na fila, aguardando vaga. Não tinha nada a ver com o acidente, mas ela não tinha feito, ela não tinha tratado, ainda. Ela ia tratar agora, mas o problema era grave, era grave e não tinha nada a ver com o acidente. O problema que a Vó já tinha e já sabia e que não tinha nada a ver com o acidente tinha que ser tratado pra não virar insuficiência renal. Esse último eu gravo bem porque depois verei escrito em um monte de papel: *insuficiência renal crônica.*

24

Vó Amélia passa a maior parte do tempo dormindo. Quando acorda, não parece estar aqui: um olho aberto, o outro fechado. Depois do acidente, eu venho ao hospital todo dia depois da escola, me aboleto em uma cadeira do lado da cama da Vó e fico esperando pra ver se ela acorda, se reage, se volta.

Eles dão remédio pra ela dormir. Não só pra ela, parece que dão pra todos, deve ser pra ter mais silêncio na enfermaria. Os doentes ficam dormindo na maior parte do tempo e a conversa que se ouve é dos acompanhantes, mesmo assim é uma conversa baixa, um sussurro, pouco acompanhante e muito doente dormindo.

Só quem não sussurra é a turma de enfermeiras. Elas entram fazendo barulho, rindo, gritando umas pras outras. Arrastam os soros sem cuidado, recolhem as bandejas de metal no maior estardalhaço. E ignoram qualquer outra pessoa que esteja por aqui, como se a gente fosse um bando de móveis antigos sem serventia, atrapalhando o serviço delas.

No dia em que faz uma semana que ela está no hospital, eu estranho quando entro na enfermaria e ela está sentada.

Não está deitada, como nos outros dias, está sentada, com a coberta no colo bem dobradinha e com uma cara boa, mesmo com o cabelo amassado na parte de trás por causa do tempo que passou com ele encostado no travesseiro.

Me aproximo procurando seus olhos e encontro eles bem atentos mirando em mim. Ensaio um sorriso, ainda desacreditada e a acompanhante da vizinha de maca, já reparando no meu desconcerto, logo me avisa que *Dona Amélia acordou animada hoje, menina, já tava procurando por você.*

Eu nem tenho tempo de sentar. Quando aproximo da Vó, ela começa a me dizer um monte de coisas, como se tivesse de uma vez engolido a pílula da Emília e desatado a falar. Me conta a vida todinha e eu tenho pra mim que eu estou vendo um filme. Como foi que eu nunca soube de nada disso e por que nunca perguntei? Parece que quando a gente é criança a gente acha que as pessoas mais velhas sempre estiveram ali. Não parei pra imaginar que minha avó já tinha sido moça, que tinha se apaixonado, que tinha sofrido de amor ou pela falta dele. Que minha avó tinha sido uma menina como eu.

A voz da Vó saindo cada vez mais grave, eu me aproximo pra ouvir melhor e me sento na beira da cama dela.

25

Catarina, minha filha, senta aqui na beira da cama. Tão bonita você, Catarina, tão boa filha, boa neta, a alegria da vó, minha Catarina. Fui eu quem escolhi seu nome, sabia? Fui eu quem escolhi Catarina, nome de mulher forte, de moça sabida. Senta aqui que tem um punhado de coisa que essa avó precisa te contar. Coisa que eu já devia ter contado, que você precisa saber.

Eu nunca te falei nada disso, porque eu queria esperar você crescer, Catarina. Você é tão menina ainda. Mas agora eu preciso te contar. Vou contar tudo o que não te contei e vai ter que ser tudo de uma vez. Vou contar mesmo sem você estar preparada, porque já não dá tempo pra esperar você madurar. Às vezes a gente madura com o tempo, outras vezes vai na marra. Foi assim comigo e eu tinha menos que sua idade quando tive que madurar de uma vez e não deu pra voltar atrás.

Já te contei que eu tinha doze anos quando deixei a casa de minha mãe em Rio Novo do Sul e vim morar em Cachoeiro, na casa de Dona Judite? Pois é. Doze anos, uma menina.

Dona Judite era mãe de cinco filhos, o marido dela trabalhava na empresa Ferroviária, precisava de uma menina pra ajudar em casa, com as crianças, minha mãe me mandou ir. Ela me dava casa, comida, eu ajudava com os meninos mais novos, eram cinco filhos, os dois mais velhos tinham ido pra capital estudar. Os três mais novos eram dois meninos e uma menina, todos com menos de seis anos, ainda nem iam pra escola.

Você lembra da Dona Judite? Lembra não? Ela veio te visitar quando você era novinha... ah, que pena que não lembra. É uma mulher boa, a Dona Judite. Era uma mulher boa. Já foi morar com o nosso senhor Jesus Cristo.

Pois então, eu vim morar com a Dona Judite porque ela prometeu pra minha mãe que na cidade eu ia poder estudar mais, em Rio Novo só tinha o primário. Eu acordava cedo, botava a mesa de café da manhã, ia pra escola. Na volta, ajudava a cuidar dos meninos enquanto Dona Judite fazia o almoço. Arrumava a cozinha depois, varria a casa e o pátio. De noite, dava banho nos meninos, esquentava a janta, ajudava com a louça, colocava eles pra dormir.

Foi assim até eu acabar o ginásio. Já tinha dezesseis anos e estava doida pra casar, não queria mais estudar. Saí da escola e comecei a ajudar mais na casa de Dona Judite, aprendi a costurar e fazia as roupinhas das crianças, ela me dava pano pra fazer umas modinhas pra mim também, eu era muito jeitosa, fazia cada vestido bonito, com as beiradas de renda guipir. Quando podia, juntava uns trocados pra comprar uns berloques pra me enfeitar. Eu não achava ruim morar com Dona Judite, não. Mas queria sair dali. Não queria voltar pra casa de minha mãe, que era na roça e lá eu tinha que cuidar dos meus irmãos. Eu queria ter a minha própria casa.

Então eu casei, porque na minha época casar era a única forma de ir. Ou casava ou ficava na casa de Dona Judite, cuidando dos filhos dela. Ou voltava pra casa pra cuidar dos meus irmãos. E isso eu num queria. Eu queria cuidar de mim mesma e das minhas coisas, dos meus filhos e do meu marido e por isso casar mostrava ser o jeito certo de ir viver minha vida. E aí casei com seu avô, que parecia rapaz direito, trabalhava na marcenaria, tinha condição de cuidar de uma família. Eu era moça nova e viçosa, tinha meus atributos, podia escolher se quisesse, mas eu tinha pressa. Escolhi a pressa, escolhi a hora e fui.

Fomos morar numa casa perto de Dona Judite. Duas ruas pra baixo, virando à esquerda. Cachoeiro era cidade pequena, muito menor do que é hoje, todo mundo se conhecia. Josemar era filho da Dona Esmeralda, que era costureira, conheci quando comecei a pegar uns serviços com ela. Era um rapaz aprumado, já tinha servido o exército, morado no Rio. Voltou pra cidade depois de sair do exército mandado embora, nunca quis explicar direito o motivo. Juntou com Rômulo, seu irmão, e abriram uma marcenaria. Era quinze anos mais velho que eu. Não faça essa cara, era assim na minha época, a gente queria mesmo era um rapaz mais velho pra casar e não se importava que fosse assim, era até melhor.

Os rapazes tinham mais experiência que a gente e isso era bom, era o que toda moça queria. Que eles dessem conta do que tinha que dar fora de casa e que deixasse a casa pra gente. Toda mocinha da minha época queria isso: ter uma casa pra cuidar, pra mandar, pra arrumar do seu jeito. Umas crianças correndo, uma roupinha bonita pra ir na igreja e só. Era isso que pra mim estava garantido e foi isso que eu quis quando decidi me casar com Josemar.

O que eu não contava era com a bebida e Josemar gostava muito da bebida. Todo dia chegava em casa e servia uma cachacinha, às vezes até me chamava pra acompanhar, mas eu nunca aceitava. Tinha muito medo de bebida, minha mãe sempre me falava pra ficar longe e todo mundo sabia do caso de Antônia que tinha se perdido pra bebida, e corria a conversa bem firme nas mulheres da família que mulher e cachaça não era boa combinação. A imagem de Tia Antônia correndo pelada pela cidade era bem viva na minha cabeça, embora eu nunca tenha visto, só imaginado mesmo, pela história que as tias contavam.

Mas homem podia beber, desde que não fosse demais, e eu no início não achei ruim a cachacinha do Josemar, que era mesmo coisa de homem e não fazia mal a ninguém, ele ficava até mais alegre, mais relaxado, ligava o rádio e me tirava pra dançar.

Foi na época em que a marcenaria começou a não dar tanto cliente que o problema começou a apertar. Eu já estava grávida de sua mãe, mas não tinha contado pra ele porque todo dia ele chegava alterado. Não esperava mais chegar em casa, bebia no trabalho mesmo e depois aparecia já tonto, tomava mais e ficava nervoso, eu não sabia que hora ia ter pra contar que estava prenha.

A barriga começou a crescer e já se reparava. Quando fui visitar a mãe, ela me avisou pra contar logo, senão ia ficar ruim pra mim. Mas o Josemar ficava cada vez mais na rua. Esperava ele chegar, mas ele não chegava, quando vinha estava tão tonto que dormia no sofá, na soleira da porta, poucas vezes dava conta de ir pra cama. Eu dava um banho gelado, preparava um café forte e não achava o momento certo.

Quando a gravidez já estava pra lá da metade decidi que não dava mais pra esperar. Juntei coragem, fiz um doce de jaca caprichado que era o preferido dele e resolvi ir até a marcenaria, coisa que eu não fazia nunca, porque a marcenaria era lugar de homem e mulher não devia ficar se metendo nos negócios do marido. Mas fui, arrumada, a roupa boa já quase não cabia, não coloquei a anágua que estava apertando, mas fui, com o doce enrolado no pano, treinando as palavras que eu ia dizer: Josemar eu tô grávida, Josemar vou ter um filho seu, Josemar toma aqui um doce, você vai ser pai.

Quando eu cheguei na marcenaria, o Josemar não estava lá. O Rômulo me olhou de lado, eu fiquei sem saber o que fazer com o doce. Perguntei cadê Josemar, Rômulo. Ele não tá, num tá vendo? — foi o que ele respondeu. E eu fiquei parada. Ele vai voltar? Duvido muito, Rômulo falou olhando bem pra mim. Quando fui me virando pra ir embora ele gritou: quando é que você ia contar pra ele que tá buchuda? Eu fingi que não ouvi e fui pra casa com medo, sem saber o que fazer. Esperei.

Josemar chegou em casa mais tarde que de costume e tinha tomado mais pinga que todos os dias, chegou cuspindo fogo, batendo a porta e foi direto pro quarto. Me arrancou da cama, tirou minha roupa num golpe só, a camisola com a renda velha não resistiu e deu um rasgo, eu de um pulo sentei na cama e abracei minhas pernas. Ele gritava, queria saber que que eu fui fazer na marcenaria, dizia que não tinha me autorizado a tomar conta da vida dele. Me chamou de muita baixaria, achei que ia me bater, mas não bateu. Dessa vez, não.

Saiu do quarto, saiu de casa e não voltou por três dias. Eu acordava com medo de que tivesse voltado, não sabia se fazia almoço, não sabia se ia falar com alguém. Limpava a casa, que continuava limpa, alisava a barriga, cozinhava sem saber pra quem, lavava as roupas que já estavam lavadas e esperava. Até que no terceiro dia, feito Jesus, ele voltou. Acompanhado da mãe, Dona Esmeralda. Voltou, pegou uma mala, encheu de roupa, falou que ia trabalhar na capital, que dava notícia depois. Dona Esmeralda ficou na porta, esperando ele se arrumar, eu não sabia o que fazer e não fiz nada, que é o melhor a se fazer quando a gente não sabe. Perguntei se ele queria comer, ele falou que não.

Quando ele saiu porta afora, Dona Esmeralda entrou. Servi a ela o doce de jaca que fiz pra contar a Josemar que ia ser pai. Dona Esmeralda pegou o doce na mão e quando ela ia morder eu falei: a senhora vai ser vó. Eu sei, ela falou, e vai ser menina, Amélia. Vai ser menina esse neném que você tá esperando.

Eu também sabia. Vai ser menina, sim, era menina e eu sabia, o neném que eu carregava. Era Suzana, sua mãe. Era Suzana, nome que Dona Esmeralda escolheu quando a menina nasceu.

26

Eu quero saber mais, mas a Vó não conseguiu me contar o resto da história, porque a enfermeira chegou avisando que estava na hora da hemodiálise. Resolvi esperar, mas quando ela volta, horas depois, está dormindo de novo.

Olho pra Vó e ela está tão velha, não tinha reparado aquelas rugas. Vó Amélia pra mim sempre foi invencível, era como Deus, sempre esteve sempre estaria. Me sinto ridícula por pensar assim, todo mundo sabe que uma hora as pessoas morrem, que ficam velhas e morrem, esse é o ciclo da vida e eu já sou moça o suficiente pra saber disso, mas a Vó não é tão velha assim e se ela morrer quem vai cuidar de mim e de repente me sinto com cinco anos de novo, rezando pra menininha da Bíblia e pedindo que não me tire a Vó que é a única casa que eu tenho pra morar com minha falta de mãe.

Já é noite quando volto pro Paraíso com raiva e sem saber o que fazer com aquilo. Uma história pela metade, um avô sumido, que eu já sabia que tinha feito minha mãe ir embora. Uma falta absoluta de tudo que me deixa sem saber como é que costura esse monte de ausência.

Eu já tinha sentido raiva, claro, mas essa agora é diferente, é uma raiva de gente grande e eu posso sentir ela chegando e se instalando, uma raiva acumulada. Raiva por ter crescido sozinha, raiva de minha mãe por ter me deixado tão nova, como se não tivesse opção, mas a gente sempre tem opção. A gente sempre tem opção, mesmo que sejam todas ruins.

Raiva do pai que não tive e ainda tenho, que não quis nem me abandonar. Raiva do marido de minha avó, que não quero nem chamar de avô, que nunca vou chamar de avô, nem se ele quisesse e ele não quer. Pego a foto de minha mãe que Vó Amélia guarda com tanto cuidado e sinto ainda mais raiva daquela Suzana me olhando com olhar de deboche. Eu não tinha reparado aquele deboche no olhar da menininha ou era um olhar de desafio?

Olho bem pra menina que me encara na foto, o olho redondo que é de Suzana e não é de Marilena. *Tem história mal contada nisso, tem mais coisa que a Vó precisa me contar, não tem, menina?* — o grito entalado sai com força. Deixa de ser boba, Catarina, é o que ouço ela responder. Deixa de ser boba, que ninguém vai te dar nada. É você por você mesmo, Catarina, levanta e vai atrás do que você quer. Deixa de ser boba, Catarina, que você não tem mãe, não tem pai, não tem avô e logo não vai ter avó e aí a raiva vira toda em tristeza e eu choro, choro, choro, tudo o que eu não tinha chorado desde que a Vó foi pro hospital.

Choro todos os meus abandonos, choro todas as vezes que dormi sozinha abraçada com a Bíblia que guardava a foto da mãe-menina. Guardo a Bíblia no fundo da gaveta da Vó, deito na cama dela e durmo agarrada na coberta, buscando o cheiro de Monange que eu amo, a imagem da Vó sentada na beirada da cama passando o creme na pele ressecada dos braços. Durmo fazendo queixa pra um Deus pai que dessa vez era mais pai do que nunca, um Deus que, assim como meu pai, não me deu nada e que agora estava tirando a única bondade que eu tinha, a única pessoa que eu amava de verdade.

Durmo um sono esquisito, cheio de sonho, cheio de choro, e acordo decidida a ir buscar o resto dessa história e a não deixar ninguém tirar a Vó de mim. Nem mesmo Deus. Muito menos Deus.

27

Acosto no hospital logo cedo e fico sabendo que a Vó piorou e está na CTI. Ninguém sabe me informar mais nada, tenho que esperar na recepção até que me digam. Decido que vou perder aula e fico aguardando, vendo os pacientes que chegam. Um deles é uma moça quase parindo, a mão no pé da barriga, a cara de dor, uma bolsa rosa pendurada. Sozinha. Com dificuldade, pega a senha e fica esperando. Eu estou em pé porque não tem mais lugar pra sentar. Ela fica do meu lado, encostada no balcão e repetindo: *ainda não está na hora, ainda não está na hora*. Um senhorzinho levanta de uma cadeira e oferece pra ela, ela não quer. Continua recostada, a mão no balcão, encurvada, repetindo. A agonia da moça chega longe, eu quero ajudar, não sei como.

Passa algum tempo e a moça começa a gemer alto, quase uns gritos, todo mundo da recepção incomodado: *a moça tá parindo, gente, ninguém vai ajudar?* A mulher da recepção com cara de que vê isso todo dia, a gente com cara de que não vê isso nunca, e de tanto a gente reclamar, a recepcionista resolve dar um jeito e ligar pra não sei onde.

Reparo que o vestido da grávida está molhado e eu nem sei se foi xixi ou se foi a tal da bolsa de dentro que tinha estourado. Aparece um enfermeiro com uma cadeira de rodas, ela senta com dificuldade, a bolsa rosa em cima da barriga: *ela quer vir antes da hora, faltam duas semanas*. O enfermeiro não dá atenção e parte empurrando a cadeira pra dentro do hospital.

Lembro imediatamente das novelas que via com a Vó, a bolsa d'água, os gritos, a água escorrendo e tento encaixar a cena que eu vi, a moça gemendo e dizendo que ainda não estava na hora, a roupa molhada, mas não tinha aguaceiro. Não era pra ela estar sozinha, era? Percebo mais uma vez que eu muito pouco sei da vida, só das novelas, tão pouco da vida real, como é que eu estava nas últimas semanas achando que sabia de tudo? Me vem de novo a vontade de chorar, que choro é coisa que a gente começa e vicia, uma vez aberta a torneira é difícil fechar. A memória da noite passada está quase na portinha quando alguém me chama, é Dona Luísa. Engulo as lágrimas, mais uma vez, nisso eu já sou especialista.

Dona Luísa diz que precisa falar comigo. Que a Vó piorou — e isso eu já sabia. Quer que eu pegue uns documentos pra dar entrada no benefício do INSS. E precisa falar com Suzana, ou melhor, com Marilena. No dia do acidente, a enfermeira tinha entregado pra Dona Luísa a bolsa da Vó, onde estava o documento de identidade que ela usou pra dar entrada no pronto socorro. Mas que agora ela vai precisar da assinatura da Marilena como filha, alguém precisava ficar responsável tanto no hospital como no INSS e não podia ser eu, porque eu sou de menor.

Combinamos de encontrar no Paraíso. Vou embora sem fazer a visita e sem saber o que aconteceu com a moça, se pariu ou não. No caminho de volta pra casa me dou conta de que não faço ideia de onde procurar os documentos que eu preciso, de repente tão consciente de tudo o que eu devia saber e não sei.

28

Como eu não tinha visto esta caixa no armário da Vó?

Estou sentada no chão, as costas apoiadas na cama. A única propriedade que a Vó tem, a cama que a gente comprou parcelada na Sipolatti, em dezoito parcelas. O resto dos móveis são todos do condomínio.

Seguro entre as mãos a caixa que eu encontrei no fundo do armário da Vó, enquanto revirava tudo atrás da carteira de trabalho dela. Não achei a carteira, mas achei esta caixa. Escondida, mas não tão escondida assim, como foi que eu nunca vi esta caixa ali?

Uma caixa de sapato cinza. De sapato não, de tênis. Adidas. Eu não tenho tênis Adidas, nunca tive, nem a Vó. Sabe lá onde arrumou essa caixa antiga, mas não tão antiga assim. Cinza pouco desbotado. Dentro, as cartas. Essas sim, antigas. Algumas mais, outras menos.

As cartas dentro dos envelopes e na escrita dos envelopes os dois nomes que eu tinha ouvido muito, mas não ao mesmo tempo: Suzana e Marilena. Suzana na parte de trás, onde fecha o envelope, mandava a carta da Itália. Marilena na parte da frente, recebia no endereço da casa amarela. Contei quatorze cartas, algumas do mesmo ano, outras com intervalos maiores. Os envelopes já abertos, alguns amarelados. Dentro, as cartas dobradas. Do lado de fora, eu com medo de abrir.

O que são estas cartas e por que eu nunca tinha visto esta caixa nesta casa? E por que Marilena e por que Suzana, se Marilena é Suzana? As cartas eram pra quem?

Será que aquelas cartas eram pra mim?

Abro. As cartas de Suzana não eram pra mim.

As cartas na caixa do tênis Adidas tamanho 42 eram pra Vó Amélia. É o nome dela que está em cima de cada começo, o nome dela na boca de Suzana, que escrevia assim: Mãe.

Estão organizadas em ordem cronológica. A primeira carta é do ano em que fiz três anos e nela minha mãe mandava notícias de Milão, dois meses depois de lá chegar. Dizia que estava enviando a carta por Marilena, que tinha se oferecido pra levar notícias pra minha avó. E que estava tranquila por ter me deixado com quem melhor podia cuidar de mim. Pedia desculpas e parecia querer convencer minha avó de que tinha tomado a decisão certa.

Sentada no meio do quarto, encostada na cama de minha avó, eu descubro esse segredo tão mal guardado, uma caixa qualquer no fundo do armário, uma caixa cheia. Cheia de cartas de minha mãe, Suzana, enviadas à minha mãe-avó Amélia, por meio da minha não-mãe Marilena, que descubro então ser a intermediária dessa confusão toda que ainda não entendi.

No meio das cartas, uma fotografia. Uma Suzana sorridente posava na frente de uma igreja enorme, branca, cheia de pontas. Com uma calça justa e uma bota comprida, ela repousava uma das mãos na cintura enquanto a outra estava levantada perto da cabeça, meio borrada pelo movimento. Talvez pretendendo ajeitar o cabelo comprido, muito liso, que lhe descia pelos ombros. Ou a franja esvoaçante caindo por cima dos óculos escuros que escondiam os olhos que eu buscava encontrar. Nada ali naquela foto me lembrava a mãe menininha guardada na Bíblia da Vó. Quem era aquela mulher que eu não conhecia? Pra quem ela sorria?

29

Leio e releio as cartas, uma por uma. Na ordem cronológica, depois na ordem inversa. Nelas estão todas as minhas verdades. Tudo que eu sempre quis entender, as peças do quebra-cabeça que não se encaixavam.

Depois desta descoberta, esqueço completamente dos documentos que eu devia procurar. Não consigo pensar em mais nada. Preciso tirar a limpo essa história e saio desbaratinada até o ponto de ônibus. Não comi nada desde o café da manhã e meu estômago ameaça virar pelo avesso. O ônibus parece demorar um século e cada segundo parece horas.

No descompasso da raiva e da frustração que eu carrego, corro um tanto desequilibrada ladeira acima até chegar na casa amarela, suada, ofegante e decidida a ter todas as explicações. Marilena embranquece quando me vê com a caixa na mão. Não tem como ela saber que aquela caixa está cheia das cartas de Suzana, tem? Será que ela adivinha o que me traz aqui pela expressão enojada que eu sustento no rosto?

Chego derramando tudo: *achei essa caixa, está cheia de cartas, que cartas são essas, Marilena? Você sabia disso, não sabia? É claro que você sabia* — minha voz não sai tão alta como eu gostaria, estou ainda zonza com tanta informação.

Marilena me confirma que não é Suzana, mas amiga dela. E que, sim, é a intermediária das cartas. A confirmação me deixa ainda mais tonta, de alguma forma eu tinha uma leve esperança de que eu tivesse entendido tudo errado e que ela fosse me dar alguma explicação melhor do que essa.

Continua a me dizer que eu tenho todo o motivo do mundo pra ficar chateada. Que ela tinha avisado à Dona Amélia que aquela farsa estava indo longe demais: *uma hora você ia descobrir, claro. A gente só não imaginava que ia acontecer esse acidente com sua avó. E aí a internação. Não sei o que dizer, Catarina, sabe? Já era pra ela ter te contado.*

Me diz que conheceu Suzana quando ela caiu na vida, na primeira zona em que trabalharam. Eram as duas menores de idade, como tantas outras, mas naquela época ninguém se ligava nisso. Pelo contrário, ela disse, quanto mais novinhas, melhor.

Quando Suzana chegou na zona, foi recebida por Marilena, que já trabalhava lá há seis meses. Ficaram logo muito amigas, pois uma precisava da outra. Marilena tinha vindo de Atílio Vivaqua à procura de trabalho, fugida do pai que batia e abusava dela e da mãe que apanhava e não a defendia. Morava na casa da tia, que não sabia do seu trabalho e achava que ela fazia serviço de babá noturna. Quando a tia descobriu, a expulsou de casa e ela precisou procurar um lugar pra ficar. Foi morar numa república de putas, junto com Suzana.

Sua mãe nessa época era parecida com você, Catarina, os olhos atentos. Observava tudo. Mas era muito bocuda. Não levava desaforo pra casa, pra tudo tinha uma resposta. Chegou na República por indicação de uma colega da zona, dizia que tinha virado puta pra ver se ganhava dinheiro fazendo o que sabia fazer de melhor. E que se todo mundo dizia que ela era puta, ela ia ser. Que ia juntar dinheiro, ia ficar rica, ia ter casa própria, carro, riqueza. Ela era ambiciosa. Mas era também boba e muito romântica. Tinha o dedo podre. Se apaixonava por cada um! Duas juras de amor e ela caía de paixão. Mais de uma vez saiu da república pra morar com um cliente fixo, que lhe oferecia casa, comida e mimos em troca de exclusividade. Ela aceitava, confiando que ia dar certo, que o fulano ia largar a esposa, ia viver com ela. Algumas semanas depois voltava, claro, sempre voltava. Prometia que nunca mais ia se apaixonar. E sempre descumpria.

Um dia, o caso foi mais duradouro. O rapaz era estrangeiro, tinha vindo a Cachoeiro à procura de negócio com pedra, granito, essas coisas. Alberto era italiano, grã-fino, arranhava um português com dificuldade, mas se comunicava muito bem. Apaixonou na Suzana. E ela se encantou com as promessas, com a vida que ele cantava pra ela. Durante dois anos ele ia e vinha. Quando vinha, não saía da zona, pedia todas as vezes por Suzana e Suzana apaixonava cada vez mais. Quando ele propôs dela ir com ele, ela não pensou duas vezes. Tirou passaporte, juntou as tralhas e foi. Prometia voltar pra te buscar, assim que desse.

Mas não deu. E ela não veio. Na terceira carta dizia que ainda não podia vir, que Alberto achava melhor ainda não, o negócio das pedras não ia bem. Na carta seguinte, contou que não tinha dado certo com Alberto, estava sem dinheiro, teria que recomeçar. Mais pra frente, estava com outro rapaz, tinha se apaixonado novamente, queria morar com ele. Resolveu fazer um curso de cabeleireira, ia dar certo, estava treinando nas amigas. E aí por diante, cada carta uma novidade, às vezes falando de voltar. Mas não voltou, não é? Não voltou.

Marilena explica que, no início, como a Vó não queria receber as cartas, ela ficou de intermediária. Suzana enviava as cartas e ela ligava pra Dona Amélia pra contar o que estava escrito. Lia pelo telefone e guardava. Depois da quinta carta, quando Suzana já estava longe há mais de dois anos, Dona Amélia apareceu na casa amarela atrás de Marilena, pedindo as cartas. A partir daí, começou a responder, mas pediu que Suzana continuasse a enviar pro endereço de Marilena, pra não dar na pinta. Não queria que ninguém no condomínio soubesse o paradeiro de Suzana. Preferia manter esse segredo e assim foi por muitos anos até o dia em que apareceu na casa amarela comigo a tiracolo.

Eu fiquei muito dividida, menina. Não gostei da situação, mas também não consegui desmentir sua avó. E no fundo achei bom conviver um pouco contigo, é como se visse Suzana por aqui de novo. A gente era muito amiga. Também não sabia se contava pra Suzana o que sua avó tinha feito, te colocando pra ser filha da puta errada. Eu poderia ter mandado uma carta, sei lá. Mas acabei deixando o tempo passar. Tinha medo de Suzana ficar chateada, não sabia qual seria sua reação.

Quando Dona Amélia foi pro hospital, Marilena decidiu que precisava dizer, entendeu que a gravidade da situação justificava. Conseguiu o telefone de uma amiga em comum que morava na Itália e mandou uma mensagem dizendo que precisava falar com ela urgente. Dois dias depois, Suzana retornou a ligação e Marilena soube que ela já estava ciente da situação há uns meses. Marilena então contou sobre as condições de saúde da minha avó.

Enquanto Marilena me responde com detalhes a tudo o que eu pergunto, eu mantenho a caixa fechada, abraçada a mim. Mal tinha entrado na casa e estava ainda de pé, na sala. Teresa tinha me ouvido chegar e estava do meu lado, acompanhando toda a conversa. Quando ela toca meu ombro com sua mão quente, eu percebo o tanto que estou gelada e, nessa hora, desmonto. A fome, a corrida, a preocupação com minha avó, a verdade escancarada e inacreditável, sinto como se tudo caísse em cima de mim. Antes de desmaiar, um último pensamento: eu preciso falar com a minha avó.

30

Acordo com Teresa me passando um pano molhado na testa. Marilena entrou em contato com Dona Luísa, que está vindo me buscar. Lembro dos documentos que precisava e não encontrei. Me oferecem pão, chá, água com açúcar, aceito tudo. Me sinto melhor, por fora, mas o redemoinho por dentro ainda está aqui, é muita coisa pra digerir.

O táxi de Dona Luísa chega e me colocam pra dentro. Marilena senta do meu lado. Me levam pra casa, me fazem perguntas, eu respondo. *Onde Dona Amélia guarda papéis, tem alguma outra bolsa que ela usa, alguma gaveta com chave, podemos levantar o colchão?* Acham os documentos de minha avó dentro de um envelope pardo gordinho de tanto papel, guardado na gaveta de calcinhas dela. Seria de família essa mania de esconder coisas importantes com as calcinhas?

Do sofá da sala ouço Marilena explicar pra Dona Luísa a história das cartas, em algumas frases resume tudo o que se sucedeu nas últimas horas enquanto Dona Luísa me olha com piedade, eu ainda agarrada à caixa. Depois, Marilena volta pra casa amarela e eu sigo com Dona Luísa pro hospital, dali pro INSS e passamos o resto do dia tentando resolver pendências que eu sequer entendo enquanto ouço Dona Luísa falar repetidamente aos atendentes que a filha de Dona Amélia mora na Itália, que ela é sozinha, que ela só tem a mim. Ela só tem a mim. Volto pra casa com a certeza de que essa é uma verdade muito importante que eu tinha finalmente entendido: Vó Amélia e eu temos apenas uma à outra, mas isso é tudo o que eu preciso. Eu só preciso da minha avó.

Durmo um sono sem sobressaltos, acordo cedo, tomo banho. Nem me preocupo em colocar o uniforme, já sei que não vou pro colégio, tenho coisa muito mais importante pra resolver. Todas as coisas da minha vida não têm a menor relevância agora, eu só preciso falar com a minha avó e tudo estará no lugar. Me coloco na fila de quem vai entrar pra visita. No CTI tem horário marcado pra entrar e essa é minha única oportunidade do dia.

A Vó continua dormindo, que é o jeito bonito que a gente arruma pra dizer quando a pessoa está quase sem existir mais. Só o corpo aqui, a alma sabe lá onde está. Eu não sei, não sei se a Vó sabe. Me lembro do céu que Vó Amélia almeja, as promessas do grupo de oração da Shirley.

Resolvo que já que não vou ouvir, preciso falar tudo o que ainda não falei. Tanta palavra que a Vó não me disse e eu tenho ainda mais um monte que eu não disse pra ela, resolvo dizer antes que seja tarde, estou decidida a fazer acontecer, não vou deixar ela morrer sem ouvir, não vou deixar ela morrer nunca e começo a contar pra Vó tudo que não contei nos últimos meses.

Conto das idas na casa de Marilena, da Teresa, do Gustavo, conto do papel que eu assinei dizendo que eu ia esperar e peço desculpas por não ter esperado muito, como a mulher do pastor queria, *mas não se preocupe, Vó, eu vou esperar, agora eu vou esperar e nunca mais vou namorar sem roupa, vou ser uma princesa como a mulher do pastor, vou orar, vou na igreja, vou fazer tudo que a senhora quiser, eu prometo, é só a senhora ficar boa.*

Conto das cartas e do quanto fiquei brava quando descobri o segredo que ela escondeu de mim, das palavras de Marilena e pensar que alguma vez eu já cogitei ir morar com Marilena, mas que *não vou, Vó, não se preocupe, não vou morar com Marilena, com Suzana, nem com ninguém, só com você, porque minha mãe é você, Vó, minha mãe é você.*

Minha mãe é você, Vó — repito até ter certeza de que disse. E a lágrima teimosa desce sozinha.

Penso na moça que tinha entrado no dia anterior, parindo um bebê antes da hora. Ela não parecia estar pronta. Tenho vontade de ir ver como ela está, mas não vou, não saberia nem onde procurar. Arrumo uma cadeira pra ficar do lado da Vó e decido não voltar pra casa. O horário de visita acaba, mas não aparece ninguém pra me tirar dali.

Cochilo com a cabeça encostada na parede. Alguém entra, acordo com frio, o barulho da enfermeira mexendo em alguma coisa. Olho pra Vó e vejo que ela não está mais dormindo. A confirmação da enfermeira vem acompanhada de um *sinto muito, sua avó faleceu, querida.*

31

De repente eu tenho todos os anos que eu nunca tive.

Talvez por ser filha de avó, eu cresci aos poucos e meio atrasada. O mundo grande demais pra mim. Quando todo mundo da sala já tinha aprendido a ler, aos seis anos eu ainda estava desenhando as palavras. Demorei uns dois anos a mais do que o resto pra aprender. Quando eles faziam dez, eu me sentia com sete ou oito. Demorei pra ter corpo, demorei pra espichar.

Mas neste último ano aconteceu tanta coisa, eu descobri pai, mãe, uma família inteira de putas na casa de Marilena. Conheci uma mãe que não era mãe e agora descobri uma outra mãe que mora longe, que eu não conheço e é como se não fosse.

E agora, bem, agora eu não sou mais filha de vó, nem neta de vó. Agora eu sou uma neta sem vó. E uma neta sem vó o que é senão uma pessoa grande que precisa cuidar da sua própria vida?

A minha própria vida, que era tão pequena, parece grande demais pra que eu cuide dela sozinha. Eu não me sinto capaz. Liberdade parece muito legal pra quem não tem. Pra quem tem, nada mais é do que um excesso de opções que acaba sendo uma falta total de saídas. Muito pouco se pode escolher. A maior parte já está escolhida e a gente precisa aceitar.

Surgem milhares de tarefas que eu precisaria fazer e sequer tinha imaginado. Não tem nenhuma liberdade nisso, alguém precisa fazer e pronto. Junto com elas, aparecem muitas pessoas pra ajudar. Dona Luísa se oferece pra cuidar da papelada que precisa pra providenciar o enterro da Vó no cemitério da cidade. A Shirley e as outras amigas da igreja vão organizar o funeral. A Marilena entrou em contato com Suzana, conseguiu as assinaturas por fax. Suzana manda avisar que virá me encontrar, já comprou a passagem. Eu devo me preparar pra ir morar com ela, lá na Europa. Enquanto isso, eu preciso desocupar o nosso apartamento, a casinha nos fundos do Paraíso, onde eu cresci. Vou para a casa de Marilena por uns dias, até Suzana chegar, já está tudo resolvido.

Começo empacotando as coisas devagar, prestando atenção em cada uma delas, como uma despedida. A ausência de Vó Amélia é sentida por tudo o que mora nesta casa que por todos os meus anos abrigou aquela mulher tão pequena, mas que ocupava tanto. Ocupava tudo. Encontro pedaços dela em cada coisinha, no sofá puído que ela escondia embaixo da manta de fuxico que ela mesmo fez. Na cafeteira de inox polida e brilhante. Na garrafa térmica descascada e muito boa que ela não aceitou trocar pela nova que ganhei no bingo, porque a nova não guardava calor direito e o café ficava frio e se tem uma coisa que Vó Amélia odiava era café frio ou requentado. Comida podia ser fria, gelada até, nunca fez questão. Mas do café quentinho, fresquinho, passado na hora, Vó Amélia não abria mão e me parece mais que justo que minha avó, que vivia pra servir, limpar e cuidar dos outros tivesse sempre seu café quentinho e fresquinho, na maior parte das vezes passado por ela mesma e me bate na mesma hora um arrependimento forte de não ter passado café mais vezes pra Vó. Eu devia ter passado café mais vezes pra Vó. Eu devia.

Vou pro fogão, boto a água pra esquentar e passo um café em homenagem à Vó, lamentando não ter aprendido a passar o café do jeito que ela gostava. *Fraco demais, Catarina* — a voz da Vó no meu ouvido. *Tá fraco demais, minha filha*. Pois dessa vez ficou forte demais, Vó. Engulo de uma só golada o café amargo e queimo a boca, feliz por merecer um pouco de café ruim como punição por não ter aprendido a fazer o café da Vó do jeito certo.

32

No sonho dessa noite, quando a menininha se virou pra mim, eu vi o seu rosto com muita clareza.

A menininha era eu.

33

Terceira vez que eu vomito desde que eu acordei. Não consegui colocar nada na boca, ainda. Nem água não desce.

Dona Luísa está aqui, veio pra ver se eu estava bem. Eu não estava bem, ela ficou.

As caixas todas empacotadas, dormi direto no colchão, sem roupa de cama, porque já tinha embalado. O frete que Dona Luísa pagou vem hoje pra levar minha pequena mudança pra casa de Marilena. Não é muita coisa, três caixas, duas malas. O colchão que me deixaram levar. A cama desmontada.

O Gustavo queria ser útil, mas não está na cidade, é hoje a prova do CEFETES, foi pra capital. A Teresa veio ontem, não foi pra Burarama nesse final de semana. Estava tudo certo e adiantado. E agora eu passando mal desse jeito.

Não consegui pensar direito em tudo o que está acontecendo, ainda. Como posso eu ir morar com essa mãe Suzana que eu nem conheço? E ainda mudar de país, um lugar que eu nunca fui, uma língua que não sei falar. Como faz?

Quando eu volto do banheiro após um quarto vômito, Dona Luísa me olha desconfiada, pergunta o que eu comi ontem. Eu não lembro. Quer saber se eu bebi. *Claro que eu não bebi, eu não bebo, Dona Luísa. Nunca bebi.* Até deveria, eu acho, porque a maioria das meninas da minha idade já bebem é muito. A Teresa sempre beberica a cachaça da Rosângela na casa amarela, mas eu não curto nem o cheiro, não me apetece. Só de pensar me dá vontade de vomitar de novo. Corro pro banheiro.

A Dona Luísa me olha com a cara engraçada: *Sei, Catarina, se não bebeu, então só pode ser uma coisa. Quando é que foi a última vez que você menstruou?*

34

Duas linhas rosas no palitinho. Leio a bula de novo, mas não tem jeito. Se tem duas linhas, é positivo mesmo.

A Dona Luísa está do lado de fora do banheiro esperando, depois de me levar na farmácia pra comprar o teste. Eu repetindo que não podia ser, fui só pela insistência. Como é que eu explico agora?

Não tem como ser, embora eu não me lembre da minha última menstruação. Acho que foi antes do meu aniversário, será que aquela foi a última vez?

Não tem como ser, por que ele sempre tirava, mas como é que eu vou falar isso com a Dona Luísa, se é falando do filho dela, que sem graça, meu Deus. Mas não tem como ser. Só pode estar errado esse teste.

Saio do banheiro com o palito na mão, sem falar nada. Parece que vai chorar, a Dona Luísa. Adivinha o resultado antes mesmo de pegar o palito. Não me pede explicação e eu não tenho nenhuma pra dar. Me dá um copo de água e pensa em voz alta: *a gente vai dar um jeito, a gente vai dar um jeito.*

O frete chega e eu ainda sentada, com o copo na mão. Dona Luísa entra com o moço, pegam as caixas, as malas, levam tudo pra caçamba da caminhonete. No final sobra só eu e eu vou também. Entramos as duas em silêncio apertadas no banco da frente, do lado do motorista. Dona Luísa aperta minha mão sem força, uma mãozinha gelada igual à do Gustavo e eu começo a pensar como é que eu vou contar pra ele essa confusão, pode ser que nem precise contar que com certeza isso não tá certo, não tem como. O teste deve estar com defeito.

Ela adivinha meus pensamentos e fala baixinho: *a gente precisa ligar pro Gustavo.* Eu respondo que ainda não. Hoje não. Vamos esperar ele voltar da prova e eu converso com ele pessoalmente. Ela concorda com a cabeça.

O carro tremelica demais e me dá vontade de vomitar de novo, mas eu consigo segurar. Engulo de volta, junto com o choro, a dúvida e tudo o mais.

Chegando na Marilena, a Teresa me espera na porta. Só de me ver já pesca que tem algo estranho. A gente descarrega as coisas, encosta as caixas no canto da varanda. O colchão vai pro quarto de Marilena, embaixo da cama dela, as duas malas no canto tentando não ocupar demais, mas o quarto não é tão grande.

Dona Luísa vai embora com o carreto. É fechar a porta de casa e eu corro pro banheiro, a Teresa atrás: *que foi menina, que que você tem?* Eu começo a chorar, a milésima vez dos últimos meses, não consigo parar. Derramo na Teresa tudo o que estava na cabeça, a mãe na Itália, a Vó no caixão, o Gustavo na prova, o teste do banheiro e não pode ser, Teresa, não pode ser.

A Teresa repete o que Dona Luísa dizia o caminho todo, parece até que tinham combinado: *a gente vai dar um jeito. A gente vai dar um jeito.*

35

Como é que foi na prova? — pergunto pro Gustavo, tentando parecer casual. Ele saca na hora, Gustavo conhece minha cara de preocupada, o olhar que não encontra o dele. *Foi tudo bem, Catarina. Comigo tá tudo bem, tô preocupado com você. O que que aconteceu? A mãe falou que você precisava falar comigo urgente. Você tá bem?*

Ele nunca tinha ido à casa de Marilena. Chegou com ar de assustado, Dona Luísa mandou que ele fosse me encontrar no dia seguinte da prova, na segunda de manhã. Pegou o ônibus logo cedo e acostou antes das nove, só eu estava acordada, as putas todas dormindo. A Teresa levantou logo depois e foi pra cozinha passar um café, enquanto a gente conversava na sala, em pé do lado da janela.

Eu tô grávida, acho — desembucho logo de uma vez, porque se for esperar ter coragem, não ia falar nada — *fiz um teste que sua mãe comprou e deu positivo. E tem dois meses que eu não menstruo, acho. Eu não me lembro. Mas é mais ou menos isso.*

O Gustavo calado. Acho que ele quer gritar, conheço a raiva na expressão dele, a boca trancada. Começa a estalar os dedos, está nervoso. Não fala nada e isso vai me deixando mais nervosa que ele. Pergunta se a gente pode ir pra um lugar mais reservado quando vê que a Teresa está entrando na sala.

É quando eu percebo que Teresa e Gustavo não se conhecem, ainda. Nunca tinham se visto pessoalmente até hoje. Um já sabe do outro, ouviram histórias várias e várias vezes. Mas nunca tinham se encontrado. Quero dizer pra Gustavo que Teresa sabe de tudo, que a gente pode conversar perto dela, mas ele não entenderia. Pra ele, ela é uma estranha. Então aceito a sugestão. Vamos pro quintal e sentamos na beirada do meio-fio na parte de dentro do portão.

E aí? — pergunto, diante do silêncio que reina. Ele olha pra mim: *E aí o quê, Catarina? Que que você quer que eu fale?*

Agora o silêncio é o meu.

Você tem certeza do que está falando? Como você pode achar que está grávida? — o olhar dele desvia pra minha barriga. Eu puxo as pernas de forma automática, como que pra evitar aquela investigação despropositada. Ele percebe e baixa o olhar: a*chei que isso era uma coisa certa: ou está ou não está. Se você não sabe, pode ser que não esteja, não é?*

Eu faço que sim com a cabeça, mas ele não vê. O silêncio volta por mais alguns minutos. Eu não sei o que dizer, a verdade é essa: o teste diz que eu estou grávida, mas eu não sei, não quero saber. Não sei o que fazer se eu estiver mesmo grávida. Não sei como lidar com essa possibilidade. Esperava que ele me trouxesse alguma solução, que dissesse "a gente vai dar um jeito", como Dona Luísa e Teresa, embora eu não saiba que jeito é esse.

E se eu estiver mesmo grávida? — arrisco. Ele remexe as pedrinhas no chão, empilha uma sobre a outra — *conversei com Teresa e parece que mesmo que a gente tenha tomado cuidado, pode acontecer.*

Pode acontecer? Quer dizer que a grande Teresa acha que pode acontecer? — o Gustavo chuta as pedrinhas que tinha empilhado. Tem um tom de deboche na fala dele que eu ainda não conhecia. *Quer dizer que o papo de que é só tirar na hora não era verdade? A Teresa sabe-tudo que te ensinou aquele monte de coisa acha que pode acontecer. A Teresa sabe-tudo acha que você está grávida?*

Esboço um "sim", mas ele não está interessado na minha resposta. Continua falando, sem olhar pra mim: *E o que a Teresa sabe-tudo acha que a gente deve fazer, Catarina? O que a Teresa sabe-tudo acha que eu devo dizer agora? Que eu devo aceitar, que eu devo simplesmente aceitar tudo isso? O que você quer? Os Parabéns?*

Eu não sei. É o que eu tenho a dizer, mas não digo. Eu não sei o que eu quero, Gustavo, é o que eu respondo na minha cabeça.

Eu não sei o que você quer, Catarina — ele parece ter lido o meu pensamento — *Não sei o que te dizer. Eu acabei de voltar de duas noites praticamente em claro. Fiz uma prova super difícil, voltei pra casa depois de três horas dentro do ônibus e minha mãe me diz que você precisa conversar comigo no outro dia, sem falta. Eu praticamente não dormi, preocupado. Tem acontecido um monte de coisas na sua vida, né?*

Cada dia uma coisa. É mãe que aparece, mãe que não é mais, sua avó morreu, sua outra mãe vem da Itália. Tudo isso pra gente conversar, tanta coisa pra resolver e eu sempre por aqui. Mas, olha, isso eu realmente não esperava. Que você estivesse grávida eu realmente não esperava. Sinceramente.

Começo a sentir as costas, quero levantar. Quero sair dali, quero encerrar essa conversa. Quero fingir que nada aconteceu, quero que as coisas voltem a ser como antes. Quero que o Gustavo viva a vida dele, que passe na prova da escola técnica, que se forme, que seja alguém importante. Quero que o nosso maior problema volte a ser o que eu vou fazer quando ele for morar na capital.

Quero que tudo volte a ser como antes, mas algo mudou e me mostra que nunca mais vai ser. Aquele Gustavo ali, sentado na beirada da mureta, não é o mesmo. E eu também não sou.

Ele levanta e diz que precisa pensar. Vai embora.

Eu fico. E fecho o portão.

36

Não é tão fácil, não é tão simples. Mas é possível — é a resposta que Teresa me dá quando eu pergunto como posso fazer. *Precisa de dinheiro* — ela completa — *um dinheiro bom. Você pode pedir pra ele, pra mãe dele, sei lá. Eu acho que o cara que tem de pagar por isso, sabe? Quando foi comigo, fiz assim. Já chamei na chincha: ou compra o comprimido ou vai pagar pensão. Melhor pagar uma vez só do que todo mês, né?*

Não pretendo pedir nada pra ninguém. Teresa sabe disso. O dinheiro eu tenho, o dinheiro que guardei, que tenho guardado há tanto tempo, mais algumas poucas economias que a Vó me deixou. Sem saber pra quê. O dinheiro pra esse futuro que não vai chegar, esse futuro que eu não vou ver. O dinheiro eu tenho.

E você ainda tem o contato da pessoa que vende? — pergunto. Teresa na frente do fogão, mexendo a carne moída na panela. *Tenho* — responde e coloca a tampa, abaixa o fogo. Senta na bancada e me encara: *mas tem que ser rápido. Até dez semanas funciona que é uma beleza, você não sabe quantas semanas tem, mas deve ser por aí, pelos nossos cálculos, né?*

Respondo que sim. Dez semanas desde a última vez que me lembro que menstruei. Mais ou menos. Foi perto do meu aniversário, lembro do dia que acordei pra trocar o *modess* de noite e encontrei a Vó acordada. Achei que ela estava fazendo alguma surpresa pro meu dia, mas não. A Vó acordava várias vezes à noite, pra fazer xixi. Me sinto mal imediatamente por não ter reparado que algo pudesse estar errado. Afasto o pensamento rápido pra ele não se instalar, tenho um problema prático pra resolver agora.

Não precisa ter medo, vai dar tudo certo. Conseguindo o dinheiro, a gente resolve. O atravessador é um cara confiável, cliente de Rosângela. Foi ela quem me apresentou, ele já trouxe comprimido pra várias putas que ela conhece. Pode confiar. Ele traz do Paraguai, que lá é mais fácil de comprar sem receita, mas é seguro, não é falsificado não. Por isso é mais caro — Teresa pega a garrafa de água na geladeira e me oferece com um gesto.

Aceito e me sirvo enquanto confirmo: *Liga pra ele então, Teresa.*

37

As promessas do Gustavo são ótimas, os planos tão perfeitos e enquanto sorrio sinto algo parecido com o que sentia quando era pequena e fazia uma coisa muito errada, depois ficava só esperando a Vó descobrir.

Mas agora não tem mais a Vó pra descobrir. Quem vai me salvar da culpa e me dar a penitência que me colocava de volta no lado certo dos que já tinham recebido a paga pelos seus atos?

O Gustavo e a Dona Luísa acertaram tudo. Não querem que eu more mais com Marilena nem que eu vá pra Europa com Suzana: *pode vir morar aqui em casa, Catarina, tem dois quartos, a gente transforma o quarto do Gustavo em quarto de casal, é só encostar a cama na parede. O bebê pode ficar no bercinho do lado da cama, a gente arruma um bercinho. A gente vai dar um jeito.*

Eu vou ser um bom pai, Catarina, prometo — diz o Gustavo, com a cabeça baixa. *Vou trabalhar, vou desistir da escola técnica. Vou trabalhar na loja do meu pai*, ele diz com as mãos apertadas nas minhas. *A gente vai dar um jeito.*

Enquanto ouço, penso na Teresa e no plano que a gente fez. No remédio encomendado, as economias retiradas da gaveta de calcinha direto pra mão do amigo atravessador. *A gente vai dar um jeito.*

Penso na Suzana, a mãe que eu não conheço, que chega depois de amanhã. Que fica duas semanas, que ainda não sabe de nada. Que quer me levar pra morar com ela na Itália. *A gente vai dar um jeito.*

O Gustavo e a Dona Luísa já decidiram tudo, mas eu também decidi. Não pode ser. Não tenho como ser mãe agora, não posso continuar com essa gravidez que não era pra ser.

No ônibus de volta pra casa amarela, vou me lembrando da primeira vez que estive naquela condução sem saber onde Vó Amélia ia me levar. O paninho que a Vó tinha na bolsa pra enxugar a testa quando estava calor, o paninho que ela passava de tempo em tempo, aquela quentura infernal de quase um ano atrás. O mesmo calor de agora, mas eu não tenho paninho.

Desço na praça do escorregador esturricado, certeza de que está quente, vou lá conferir. Entro na praça e tiro a sandália, o pé na areia pelando. A praça devia estar vazia porque não é bom criança brincar em praça com sol a pino, é o que Vó Amélia diria. Duas meninas que não têm vó por perto brincam embaixo da árvore, tentando subir.

Sento no escorregador e queimo a bunda, deixo queimar. A Vó dizia que sentar na quentura dava hemorroida, seria o menor dos meus problemas agora. As meninas encontraram um casulo de mariposa na árvore, estão mexendo nele. Uma delas dá a ideia de abrir, diz que tem uma borboleta ali dentro. Eu de cá acho que é uma péssima ideia. A outra menina está na dúvida. A maior insiste: *eu quero ver a borboleta.* Arrancou o casulo da árvore, tem ele nas mãos. *Vou abrir* — tenta sem sucesso romper o lacre forte feito pela natureza.

Deixo o sol me cozinhar e espero o suador começar. Não demora, já tenho duas rodelas embaixo do braço. Queria ficar aqui até derreter, até sumir. A conversa das meninas por perto me perturba. A maior, com um galhinho, cutuca o casulo. Quando uma gota marrom pinga, elas o largam no chão, com nojo. *Você matou a borboleta* — a menor grita e sai correndo. A outra segue atrás.

Quando a bunda ameaça ficar dormente me levanto o mais lenta que consigo. Pego as duas fotografias no bolso. Encaro os olhos arregalados da menina que morava na Bíblia de minha avó e vejo medo. Tem medo de quê, menininha? Procuro na segunda fotografia os olhos escondidos da moça de óculos escuros. *Tem medo de mim? Ou de você mesma?* — pergunto em voz alta.

Guardo as fotografias e pego o casulo violado, largado no chão.

Subo ladeira acima, resoluta. Como se já soubesse — e sabia — que não tinha mais volta.

Epílogo

Três comprimidos para dor deveriam ser o suficiente para me dopar. Mas ainda sinto como se me rasgassem por dentro. Parindo sem parir. Não como minha mãe fez há 15 anos. Talvez exatamente como minha mãe fez. Há 15 anos.

Essa noite eu sonhei de novo aquele sonho. No sonho, a menina me deu a mão.

Sou Catarina, filha de puta e neta de mãe-vó. Sou Catarina e hoje eu enterro parte do que fui e do que não fui, para que germine e cresça essa menina que dentro de mim precisa terminar de nascer.

*

(Dentro da caixa cinza)

Oi, Mãe,

Tudo bem por aí? Já tem dois meses que cheguei aqui, mas ainda tô me acostumando com os esquemas. Ontem consegui usar o telefone do restaurante da esquina e liguei pra Marilena. Ela se ofereceu para te entregar essa carta, espero que você aceite quando ela te levar notícias minhas e não seja teimosa. Sei que você acha que eu sou uma filha ingrata e uma mãe desnaturada, mas eu não sou. Eu te amo, mãe. E amo muito a Catarina também. Fico muito feliz porque ela tem a melhor mãe do mundo pra cuidar dela: a minha mãe. Tenho certeza de que você vai cuidar de Catarina tão bem quanto cuidou de mim. Muito melhor do que eu cuidaria, inclusive. Por isso não tenho consciência pesada de deixar Catarina com você. Ela está em boas mãos.

Quando eu estiver estabelecida aqui, quero trazer vocês duas pra morar comigo. Milão é muito bonita, você vai gostar. Faz frio e todo mundo anda bem-arrumado. Não tem aquele suador de Cachoeiro. O único problema é a língua, bem diferente. E o povo não tem muita paciência pra ensinar. Preciso aprender essa língua rápido pra me virar por aqui e não ficar dependendo tanto do Alberto. Você sabe que não gosto de depender de ninguém.

Por enquanto eu tô ficando num quarto com mais três meninas brasileiras, enquanto o Alberto arruma um apartamento pra gente. Diz ele que é coisa de um ou dois meses. O divórcio dele já está bem encaminhado, se a mulher não fosse tão enjoada já tinha resolvido. Mas ela só aceita assinar o papel se ele deixar o dinheiro todo pra ela. Então, tudo bem esperar mais um pouquinho, né? Um ou dois meses, talvez três. Vai ser rápido porque agora ele arrumou um advogado bom.

E aí eu vou me casar com Alberto, mãe. Vou ajudar ele no negócio das pedras. Vou ser moça direita como você quer. Vou ser mãe de família. O Alberto falou até que não preciso trabalhar se eu não quiser. E que eu posso trazer você e Catarina pra morar com a gente, já está tudo combinado.

Pode deixar que dou notícias assim que estiver com tudo pronto. Me manda notícias de vocês quando puder e vê se me perdoa. Você vai ver que, no final, minhas loucuras vão ter valido a pena. Você ainda vai me agradecer por ter feito o que eu fiz.

Beijos da filha que te ama,

Suzana.

Oi, Mãe,

Esperei resposta sua, mas não chegou. Melhor esperar sentada, né? Marilena me escreveu dizendo que leu a carta pra senhora e te deu o endereço. Por que não me respondeu?

Sei que eu te decepcionei, mãe, mas a senhora precisa me dar uma chance. Eu juro que vou resolver minha vida, vou ser moça direita. Vou trazer vocês pra cá e a gente vai ser uma família. Eu vou ser a filha que a senhora sempre quis e a mãe que Catarina merece. Você não vai mais precisar fazer faxina. Vai morar comigo, vai ter do bom e do melhor. Eu prometo.

O Natal aqui foi muito sem graça. No último mês fez frio demais e o quarto onde eu durmo não tem aquecimento. Alberto não veio passar comigo, teve que ficar com a bruaca. Ela ameaçou tacar fogo nas coisas se ele saísse de casa. Eu reclamei, chamei de frouxo e tudo. A gente brigou feio. Depois acabei me arrependendo. Não posso perder Alberto. Ele é tudo o que eu tenho aqui. Pedi desculpas e ele também. Nos acertamos. Ontem ele veio passar a tarde comigo e prometeu que vai comprar um aquecedor portátil. Não vejo a hora desse divórcio sair. Quero ter meu apartamento, minhas coisas, minha casa. E vou aí buscar vocês duas. Nossa família estará reunida de volta.

Outro dia passei numa *torteria*, me deu uma saudade do seu bolo de cenoura. Não achei nada nem parecido, italiano não sabe fazer bolo. Eles têm uns doces deliciosos, o *cannoli* é um negócio de tão bom! Crocante e com aquele creme no meio. Nunca tinha comido isso por aí. Mas bolo igual da senhora, não tem. Me manda a receita? Vou tentar fazer pra matar um pouco a vontade.

Ando me arriscando na cozinha. As meninas que moram comigo até gostam da minha comida. A senhora ficaria orgulhosa de mim. Faço sopa, macarrão, arroz, tudo igualzinho da senhora. Acho que já posso casar, não é mesmo?

Beijos da sua filha que te ama e quer uma segunda chance,

Suzana.

Mãezinha,

Sei que a senhora está recebendo minhas cartas. Vou continuar te escrevendo mesmo que você não me responda.

Tenho boas notícias: o divórcio de Alberto saiu. Finalmente ele conseguiu se livrar daquela baranga e agora vai ser um homem livre pra casar comigo. Falou que já está olhando apartamento em Verona, que é onde ele fica mais tempo quando não está no Brasil. A empresa em que ele trabalha é de lá. Sinto que está cada vez mais perto o dia em que eu vou trazer vocês pra cá. Ele só me pediu uns meses pra recuperar o dinheiro que gastou no divórcio e vamos olhar isso com calma.

O Alberto anda muito ciumento. Não sei se é por conta do meu passado no Brasil. Diz ele que eu trato muito bem as pessoas. E eu te pergunto: isso é ruim? Acho que ele quer que eu seja mal-humorada como as italianas. Estão sempre reclamando de alguma coisa. E odeiam as brasileiras. Deve ser inveja.

Só sei que tudo vira motivo pra brigar comigo. Outro dia encrencou que eu tava rindo pro *ragazzo* que vende pão aqui na esquina. Tive que provar a ele que não tinha nada a ver, que era só simpatia mesmo. E agora fico me controlando pra não rir à toa. Melhor não dar motivo pra briga. No fundo, acho que esse mau humor é por conta de dinheiro.

O negócio de pedras parece que não está indo muito bem. Mas eu já disse pra ele que não me importo. Não tem problema esperar, já esperei tanto. Agora vai dar tudo certo.

A senhora vai gostar do Alberto. Apesar da marra, ele é um cara legal. Muito trabalhador. Precisa ver como ele consegue tudo o que quer, tudo! E me trata bem, na maior parte do tempo. Ele tem o maior orgulho de me exibir por aí. Me compra roupa, maquiagem, perfume. Tudo do bom e do melhor. Me leva pra passear, pra jantar. Essa foto que eu tô mandando é da semana passada, quando fomos visitar a Duomo de Milão. Duomo é o nome que eles dão aqui para essas igrejas bonitonas, tipo catedral. Perto da Duomo tem uma galeria chiquérrima cheia de lojas caras e lindas. Quando a senhora vier te levo pra passear lá. Vamos ser duas *signoras* italianas muito elegantes.

Logo mando notícias mais concretas.

Beijos da filha que te ama
e vai se casar,
Suzana.

Oi, mãe,

Tudo bem? Tem tempo que eu não escrevo né? Não que você tenha me respondido. Acho que cansei de falar sozinha, sabe? E também tem mais uma coisa: tava com vergonha de admitir que a senhora estava certa.

Parece até que estou ouvindo a sua voz me dizendo: eu avisei. E bem que a senhora avisou mesmo. Avisou que homem não presta, que não dava pra confiar. Eu não quis ouvir. Achei, de verdade, que o Alberto seria exceção. Que ele me amava, que ia me valorizar. Que ia cumprir as promessas dele. Não cumpriu.

Começou com a enrolação no negócio do apartamento. Fui pra Verona com ele, olhamos vários lugares ótimos. Mas sempre tinha alguma coisa que ele não gostava. Depois arrumou um quarto inteiro pra mim aqui em Milão e parece que acomodou. Aparecia de vez em quando, sumia por semanas. Quando vinha, não falava mais de apartamento nem de casamento. Sempre eu que tinha que falar e aí ele dizia que eu tava pressionando, que tava sendo dramática, coisa e tal.

Até que um dia ele saiu de casa à noite dizendo que tinha uma reunião com um cliente de última hora. Não sei por que eu encasquetei que tinha coisa ali. Instinto feminino, né? Fui atrás. Dito e feito. Foi se encontrar com uma menina. Peguei ele entrando com ela no restaurante que a gente sempre ia. Não estava fazendo nem questão de disfarçar, sabe? A mão na cintura dela, todo posudo.

Armei o maior barraco, não baixei a cabeça não. Ele me mandou voltar pra casa e eu não fui. Dei show na rua, todo mundo parou pra ver. A menina foi embora e ele voltou comigo. Só não saí de casa no mesmo dia porque não tenho pra onde ir. Não tenho dinheiro pra voltar pro Brasil e não conheço quase ninguém aqui. Ele pediu desculpas e eu fingi que tinha perdoado, mas sei que ele ainda encontra com ela. Vou esperar a poeira baixar e enquanto isso penso numa forma de me livrar dele. Vou ter que arrumar um emprego, ver um lugar pra morar.

Não vou conseguir ir ao Brasil agora, mas assim que tiver com tudo arrumado aqui eu dou notícias. Fico feliz de saber que Catarina está bem, Marilena me disse que a senhora sempre tem um sorriso na voz pra falar da pequena. Espero que fiquem bem. Por enquanto, estão melhor sem mim.

Beijos da filha que te ama
e que vai precisar recomeçar,
Suzana.

Querida mãe,

Escrevo com boas notícias e para te dar meu novo endereço, caso a senhora resolva dar o ar da graça e me responder.

Sei que eu não fui boa filha pra senhora, não fui a filha que a senhora merecia, não te ouvi, não te obedeci. Mas, poxa! Dois anos quase sem notícias suas. Só sei que a senhora está viva porque Marilena me dá notícias bem de vez em quando, me diz que a senhora está bem e que retorna os telefonemas quando ela liga pro Paraíso. Pensei em ligar também, mas tenho medo da senhora não querer me atender. E interurbano internacional é caríssimo por aqui. Se a senhora não responde nem minhas cartas, com certeza não quer falar comigo pelo telefone.

A boa notícia é que larguei Alberto. Estou morando com outras meninas na casa de uma amiga que se chama Denise. Arrumei trabalho aqui em Milão. O Alberto voltou para a mulher e nunca mais nos falamos. Acabou de verdade, página virada.

O trabalho aqui é muito mais fácil que no Brasil, as gorjetas dos italianos são ótimas. A Denise é legal, é brasileira como eu e já está aqui há mais tempo, conhece bastante gente e tem me dado muitas dicas. Estou trabalhando e juntando dinheiro. Preciso do meu *permesso* pra poder trazer vocês. Só consigo se me casar com um italiano, então esse é o meu plano. Não acho que vai ser difícil, os italianos amam as brasileiras, nunca me senti tão linda em toda a minha vida.

Dê um beijo em Catarina por mim. Sei que ela não sabe quem eu sou, mas gosto de pensar que no dia em que a gente se encontrar de novo ela vai me reconhecer.

Beijos da filha que te ama
e está esperando sua resposta,
Suzana.

Oi, mãe, tudo bem?

Por aqui está tudo bem.

Fiquei um tempo sem escrever porque sua última carta me deixou muito abalada. Sua única carta.

Poxa, mãe. Passei mais de dois anos esperando uma resposta sua, e quando a senhora finalmente me escreve, é para me contar que disse à Catarina que eu estava morta? Como a senhora esperava que eu reagisse a isso?

Chorei muito, fiquei com raiva, rasguei a carta. Depois me arrependi, colei a carta de volta. Li mais duzentas vezes. Foi como se um pedaço de mim tivesse morrido de verdade.

Mas, sabe? Depois te perdoei, mãe. Não posso dizer que isso não me deixa muito triste. Se Catarina não sabe de mim, como posso manter o sonho de voltar, de construir de novo a nossa família? Não posso. Só me resta viver a vida aqui sem vocês, pois estou vendo que vocês já vivem uma vida sem mim.

Talvez tenha sido melhor assim. Talvez Catarina se vire melhor sendo filha de uma mãe morta. Se vocês estão melhor sem mim, é melhor eu me retirar de vez. Mas eu queria que você dissesse a ela, algum dia, que nunca foi por falta de amor. Que eu não fui embora por não amar, mas por amar demais.

Por amar demais quis que ela tivesse o melhor e o melhor não me inclui, como a senhora já decidiu. A senhora está certa, Dona Amélia, é melhor que Catarina pense que eu estou morta.

Me mande fotos de vocês, quando puder. Quero muito saber como minha filha está, com quem se parece. Quando era menor eu achava que não se parecia comigo. Às vezes sonho com ela, mas não consigo ver seu rosto. Sei que a senhora não me quer na vida dela, mas eu preciso dela na minha vida, mesmo que de longe.

Um beijo da sua filha que te ama
e está morta de saudades,
Suzana.

Mamãe,

Saudades de quando eu te chamava assim. De quando acordava chorando no meio da noite, você ia pra minha cama me consolar e acabava caindo no sono. O seu cheirinho de roupa limpa com amaciante azul. Tenho muitas saudades, mãe.

A foto de Catarina que você me enviou está linda demais. Guardo debaixo do travesseiro, dentro da Bíblia que você me deu na nossa despedida. Achei ela parecida comigo, o cabelo rebelde, a boca desenhada. Tão linda minha filhinha! Tão grandinha, de uniforme. Mostrei a foto pra todo mundo da casa, caíram de amores por ela.

Na parte que você me contou sobre a tal da Dona Luísa, fiquei com um pouco de ciúme. Queria que fosse eu a levar ela para cortar o cabelo pela primeira vez. Queria que fosse eu a emprestar brincos e colares para ela brincar. Mas também fico feliz por saber que vocês têm apoio. Ela parece uma pessoa legal, essa Luísa. Será que seríamos amigas se eu morasse aí?

Eu também arrumei muitos amigos por aqui, graças a Deus. As brasileiras que se mudam pra cá se juntam e se ajudam. É como se fosse mesmo uma grande família. A maioria veio atrás de um casamento, como eu. Algumas conseguiram, outras não. De vez em quando uma desiste dessa vida aqui e resolve voltar pro Brasil, até descobrir que aí tá muito pior. Ontem mesmo fiquei sabendo de uma amiga que já está querendo vir de novo pra Itália. É irmã da Paloma, que trabalha comigo. Mas agora vai ter que esperar até que a Paloma consiga enviar o dinheiro da passagem. E ainda corre o risco de ficar barrada na imigração, porque eles estão apertando o cerco.

Conheci um rapaz, o nome dele é Eduardo. Sei que a senhora não gosta desses assuntos, mas dessa vez é diferente. Prometo. Ele é brasileiro. Pobre e ferrado como eu. Respeitador, carinhoso, faz tudo por mim. Estamos indo devagar, sem expectativas, mas já estou totalmente envolvida. Se tudo der certo, vamos juntar os trapinhos e morar juntos. Agora ele está desempregado, mas faz uns bicos como ajudante de pedreiro, coisa e tal. Quando arrumar uma obra maior, vamos conseguir alugar um apartamento ou ao menos um quarto só nosso. Sinto que vai dar certo, a gente se parece muito.

Estou muito feliz, mãe, apesar da saudade.

Beijos da sua filha que te ama
e que está apaixonada,
Suzana.

Oi, mãe,

Tô escrevendo pra te passar meu novo endereço. Demorei a receber sua última carta porque chegou lá na Denise quando eu já tinha me mudado.

Sobre o Eduardo, estamos juntos sim. Ele arrumou um serviço de segurança no mesmo *nightclub* em que eu estou trabalhando como dançarina e estamos morando juntos. Pode deixar que dessa vez não é trampo de puta, é só dançarina mesmo. Mulher brasileira faz muito sucesso por essas bandas. Italiano, suíço, tudo quanto é gringo adora ver o show das *brasilianas*. Nos enchem de *mancia*, que é como eles chamam as gorjetas por aqui. O Eduardo fica na porta, todo mundo sabe que eu sou mulher dele e não se engraçam pra cima de mim, não.

Quase que não recebo sua carta porque não sou mais bem-vinda na casa da Denise depois da confusão dela com o Eduardo. Acredita que ela inventou que o Eduardo estava dando em cima dela? Sei que é mentira porque a Denise é feiosa e magrela toda vida e o Eduardo sempre disse que gosta de ter onde pegar. Só pode ser inveja mesmo. Não sei o que ela ganha com isso. Só sei que ela foi contar a mentira pro Guido, o homem dela. Ele arrumou uns capangas pra dar uma surra no Eduardo. Se eu não chego na hora, tinham batido até matar o coitado. Daí tivemos que sumir por uns tempos.

Estou pensando em fazer um curso de cabeleireiro, vi o anúncio outro dia no metrô. Não sei se custa caro, espero que não. Acho que eu daria muito certo como cabeleireira. As meninas do clube sempre me pedem pra fazer o cabelo delas antes do expediente começar. Já avisei que vou começar a cobrar. Posso cobrar barato, por enquanto, pra juntar o dinheiro pro curso. Quando der certo, quem sabe eu não abro meu próprio salão? "Suzana Acconciaturi". Ia ser chique demais. Não falei nada com o Eduardo ainda, porque senão ele pega implicância. Quando der certo ele vai me apoiar, tenho certeza.

E por aí? Como estão as coisas? Catarina deve estar uma moça, nem acredito que este ano ela já faz nove. Morri de rir da história que você contou dela querendo ensinar as lições da escola para a senhora. Será que vai ser professora? Lembra que quando eu tinha a idade dela eu dizia que seria professora? Colocava os óculos velhos de Vó Esmeralda pra parecer mais inteligente. Depois quis ser modelo ou atriz, adorava remediar as falas das atrizes da novela na frente do espelho. Até que a profissão de dançarina tem um pouco a ver, você não acha?

A senhora ainda vê novela toda noite? E Catarina, gosta? Morro de saudades das novelas brasileiras. As daqui são ruins, muito choro e muita maquiagem. Saudades também da senhora, do café daí e do calor. Aqui faz frio demais.

Beijos da sua filha que te ama
e que quer ser cabeleireira,
Suzana.

Oi, mãe,

Faz mais de ano que a senhora não me escreve. Esqueceu de mim? Fui arrumar meus papéis e fiquei até espantada quando abri o envelope de cartas e vi que a última carta sua era do início do ano passado.

Quanta coisa aconteceu! Na última carta você me perguntava do Eduardo, tenho certeza que te respondi, mas não recebi sua carta.

Bom, não tem mais Eduardo. Vou te poupar dos detalhes, o resumo é o que a senhora já sabe: homem é tudo igual. O Eduardo tava enrolado em outro rabo de saia. Ou melhor, outros. Não foi difícil descobrir. Mais difícil foi fugir. Ele era muito possessivo, achava que tinha que me prender. Tinha tanto medo de que eu fosse embora que guardava meus documentos com ele, trancados numa gaveta. No começo achei isso bonito. A senhora sabe que sou boba, né? Achava romântico ele ter tanto medo de me perder. Achava legal ele precisar de mim. Que engano! Quando o caldo entornou e a *puttana* que ele se enrolava foi bater na nossa porta emprenhada com um filho dele, eu quis ir e ele não quis deixar. Disse que eu lhe devia dinheiro, vê se pode? Que eu tinha morado muito tempo na casa dele de graça e que só ia me deixar sair quando eu quitasse a dívida. Começou a confiscar todo o dinheiro que eu recebia no clube, não me deixava nada.

Comi o pão que o diabo amassou com esse homem. A senhora sabe que eu não sou de levar desaforo pra casa, né? Mas tive que aguentar quietinha, senão apanhava. Ia recorrer a quem? Passei mais de seis meses guardando o pouco que eu consegui desviar da gorjeta dentro de uma embalagem de desinfetante vazia. Aproveitei que ele jamais botaria as mãozinhas dele num produto de limpeza. Afinal, achava que a empregada era eu, que devia limpar, cozinhar, cuidar da casa sozinha e sem reclamar. Numa manhã quando ele ainda estava dormindo juntei as poucas coisas que eu tenho e consegui guarida na casa de Denise, que prometeu pedir a ajuda de Guido pra recuperar meus documentos. Quem diria que depois de tanto tempo e do desaforo que lhe fiz, seria Denise que viria me socorrer? Pois foi. E toda aquela história era mesmo verdade, o Eduardo dava em cima dela, o descarado. Se não fosse ela, eu ainda estaria lá presa com aquele estrupício. Como eu tava cega com o Eduardo, meu Deus!

Pois prometo à senhora que nunca mais vou me enganar com homem desse jeito! Não vou deixar homem nenhum me levar na conversa. Eu devia já ter aprendido com o tanto que a senhora sofreu com meu pai, mas fui boba e quis viver por mim mesma. Só decepção.

Agora, com meus documentos recuperados, me mudei pra Turim. Estou aqui morando na casa de Fátima, uma conhecida de Denise que trabalha de faxineira por aqui e me arrumou serviço. É esse endereço que coloquei no remetente, pode enviar a carta praqui quando for responder.

Ah! E agora a notícia boa: me inscrevi no curso de cabeleireiro que eu tanto queria. Estou muito animada. Sou a melhor aluna do curso, os professores acham que eu levo muito jeito. E olha que é curso difícil, mãe. Tem que entender de produto, de moda, de textura, de cor. Não vejo a hora de te mostrar as artes que tenho feito nos cabelos por aqui.

Mande notícias daí.

Beijos da filha que te ama
e que se livrou de um encosto,
Suzana.

Mamãe,

Recebi sua carta sim. Tinha recebido a anterior também, lá na casa de Fátima, me desculpe não ter respondido. A vida aqui está uma correria, não tenho tempo nem pra respirar. Mas estou bem. Espero que estejam bem aí também.

Fiquei uns meses na casa de Fátima, mas tive que sair porque o marido dela achou ruim eu ficar lá sem pagar. E olha que eu ajudava no serviço de casa, comprava comida de vez em quando, compartilhava minhas coisas. Até fiz faxina pras patroas dela quando ela ficou doente, sem receber nada. Mas tudo isso pra ele não contava. Ele queria que eu pagasse pra morar lá.

Tenho meus clientes de faxina, que consegui por conta própria, um indicando pro outro. Mas o dinheiro é pouco e eu preciso pra pagar o curso. Aguentei o tempo que pude fingindo que não tava vendo o olhar mal-humorado dele pra mim. Até que um dia Fátima veio me dizer que eu precisava sair mesmo. Não por ela, mas não dava mais pra segurar a raiva do velho.

O marido de Fátima bebe muito e trabalha pouco, mas é italiano e por isso ela precisa dele para viver aqui. Eu já acho que ela estaria muito melhor sem ele, mas cada um sabe de si, né? Nós continuamos amigas e nos vemos de vez em quando. Uma ajuda a outra e coisa e tal. Mas tive que me virar sozinha mais uma vez.

Arrumei um quartinho numa pensão horrorosa, em troca de faxinar o lugar todo e lavar as roupas de cama dos residentes uma vez por semana. A dona da pensão é uma grega esquisita, que não entende nada que eu falo. E olha que já falo muito bem o italiano. Pão dura que só, quer o serviço de graça, sem me pagar nenhuma lira. Acabei aceitando enquanto não conseguir coisa melhor. Todo dia de manhã vou para o curso, faço faxina de tarde na casa das clientes e ainda limpo a pensão e lavo as roupas no final de semana. Uma rotina pesada, mas não tenho do que reclamar. Nem acredito que estou terminando o curso, foram dois anos muito difíceis. O instituto faz uma cerimônia de encerramento no último dia, vou ganhar diploma e tudo. Queria muito que a senhora tivesse aqui para me ver formar. Não é faculdade, mas para mim é como se fosse. Depois de tanto tempo, depois de não conseguir nem terminar o primeiro grau por conta de ter embarrigado antes da hora, agora terei um curso profissionalizante. Treze anos depois, vou receber meu primeiro diploma. Foi difícil, mas não me arrependo de nada, sabe, mãe? Sei que no final tudo foi como tinha que ser.

Me mande uma foto nova de Catarina, quero ver como ela está. Já está de namoradinho? A regra já desceu? Ensina a ela a não pegar filho, por favor. Eu não quero que Catarina passe pelo que eu passei. Eu não me arrependo de nada, já disse, mas queria que ela tivesse a chance de fazer diferente.

Beijos da sua filha que te ama
e que vai se formar,
Suzana.

Mãe querida,

Que preocupação que a senhora me deixou! Por que não me avisou antes sobre esse problema nos rins? Não pode bobear com isso, Dona Amélia, a senhora não tem idade mais pra fingir que fazer xixi com sangue é uma coisa sem importância.

Não dá pra esperar a fila do SUS para a senhora conseguir fazer os exames. Estou numa condição melhor desde que comecei no salão, vou enviar dinheiro para a senhora pagar esses exames e também para ajudar com as despesas de Catarina.

O dinheiro tá nesse envelope menor dentro da carta, troquei por dólar que acho que é mais fácil pra senhora usar aí. O próximo vou mandar pelo banco, vou ver direitinho como faço e mando as instruções depois por Marilena.

Entendo a senhora não querer contar pra Catarina da doença, acho que realmente é muita coisa pra cabecinha dela. Vou me programar pra ir ao Brasil no final do ano. Agora que já tenho a carta de residente, consigo ir e voltar sem problemas.

Semana que vem estarei de mudança pra um apartamento só meu, finalmente. Estou cansada dessa pensão, desse entra e sai de gente. A filipina que arrumaram pra fazer faxina no meu lugar é péssima e o lugar vive sujo. Além disso, não vale o preço que eu pago pra ficar aqui.

Chega de fazer faxina, agora eu quero ser madame. A senhora também merece, Dona Amélia, vou aí te buscar. Vamos morar nós três aqui em Turim e Catarina vai poder estudar italiano e até fazer faculdade depois se quiser.

Coloquei no remetente o endereço novo, já deixa anotado pra me responder.

Se cuida.

Beijos da sua filha que te ama
e está preocupada,
Suzana.

Mãe,

Recebi sua carta ontem e vim logo responder. Não estou acreditando que a senhora fez isso comigo! Não estou acreditando que depois de tudo o que eu fiz, do tanto que me esforcei para ser uma boa filha e fazer tudo o que você gostaria que eu fizesse, a senhora me apronta uma dessas.

Não estou me aguentando de raiva! Eu não disse que tinha tudo quase pronto pra buscar vocês aí? Que estava tudo se encaminhando? Como é que do nada a senhora me escreve dizendo que não preciso mais ir? Que disse a Catarina que a mãe dela era Marilena? Como assim? Que loucura é essa?

Então, eu não preciso mais ir? Catarina está bem sendo filha de Marilena, uma puta como outra qualquer? Não era a senhora que não queria que Catarina fosse filha de puta? Não foi a senhora que mandou que eu me afastasse da minha filha para que ela não tivesse a vergonha de ter a mãe que tem? Por qual motivo a senhora acha que é melhor pra Catarina ser filha de Marilena, uma puta que vive aí nesse inferno brasileiro, do que minha filha? Por qual motivo não conta logo a verdade para Catarina e diz que a mãe dela vive na Itália trabalhando e cortando um dobrado para dar um futuro melhor pra vocês? Não é justo que a senhora tenha tirado isso de mim assim. Não é justo que a senhora me impeça, mais uma vez, de ser mãe da minha filha! O que foi que eu fiz para merecer isso?

Não tô conseguindo nem pensar, mãe, de tanta raiva. Pensei em ligar pra Marilena e descascar com ela, mas mudei de ideia, pois acho que ela não tem nada a ver com isso. Tenho certeza que isso foi ideia sua, totalmente sua. E que a senhora está querendo me punir. Está querendo me ver sofrer porque tudo enfim está dando certo na minha vida. A senhora não pode ver as coisas dando certo pra mim, né? Está mais uma vez me virando as costas. Do jeito que a senhora fez quando meu pai me botou pra fora de casa. Do mesmíssimo jeito. A senhora não mudou nada, mãe.

Mas eu mudei. Eu não vou aguentar mais isso. Se é isso que a senhora quer, me esqueça. Não me escreve mais. Eu vou juntar minhas coisas e vou pro Brasil buscar Catarina. Ela é minha por direito, queira a senhora ou não. Não vou deixar a senhora tirar ela de mim, dessa vez.

Beijos da sua filha que está com muita raiva
e que quer respostas,
Suzana.

Mãe,

Não tenho outra coisa pra dizer que não seja: me perdoa. Se eu pudesse pegar de volta a carta que mandei, eu pegaria. Por favor, não leve em consideração tudo o que eu disse. Eu estava com muita raiva.

Eu sei que a senhora é rancorosa, mas eu também sou. Ainda estou com raiva. Muita. Mas botei a cabeça no lugar e vi o tanto de besteira que eu fiz.

É obvio que não achei certo isso da senhora fingir que Marilena sou eu, mas quem sou eu para discordar de qualquer coisa que a senhora faça por Catarina?

Eu tinha prometido ir, mas não fui e nisso já se passou mais um ano. Bem que a senhora avisou que a menina tava precisando de mãe. Que uma hora ela ia descobrir, ia perguntar. Não tô em posição de contestar nada que a senhora faça.

Mas, não vou mentir, fiquei muito abalada. Chorei horrores de imaginar Catarina chamando Marilena de mãe e não eu. Há muitos anos sonho em reencontrar Catarina e me dói muito saber que Marilena teve esse momento no meu lugar.

Estou mandando cinquenta dólares pra senhora comprar os remédios. Fiquei preocupada porque na última carta a senhora disse que não tá se sentindo bem, que não tá conseguindo fazer as faxinas. Sempre te achei tão forte, isso me assusta. A senhora precisa se cuidar, precisa ir num médico particular. E não vem com essa conversa de que Deus vai te curar, porque Deus só cura se a gente fizer a nossa parte.

Vou depositar o resto do dinheiro em nome da senhora no Banco do Brasil, na conta que Marilena te passou. Semana que vem vou a Milão resolver isso. Usa pra marcar um médico, pra comprar remédio e o que sobrar a senhora compra um presente pro aniversário de Catarina. Nem acredito que ela já vai fazer quinze anos.

Se precisar de mais alguma coisa, me fale. Quando eu conseguir definir a data que eu vou, eu aviso.

Beijos da filha que te ama
e que está arrependida,
Suzana.

Querida mãe,

Por que não me responde?

Não é possível que a senhora ache que eu mereça tanto sofrimento assim. Sei que fui malcriada. Não me lembro tudo que respondi naquela fatídica carta, mas lembro que tinha muita raiva. Essa raiva ainda vive aqui em mim, mãe. Mas a raiva é minha. Eu não devia ter jogado ela em você.

Eu tenho pensado muito sobre isso, sobre as minhas escolhas. E a minha raiva. Eu sempre digo que não me arrependo. Que tudo valeu a pena. Porque eu quero acreditar nisso. Mas, será que valeu a pena mesmo? Será que todo o sacrifício que fiz para poder ter uma vida melhor valeu a pena? Se eu não tenho mais você, nem minha filha. O que eu tenho, então?

Eu nunca esqueci aquele último dia em que nos vimos. Catarina nem me reconheceu. Deve ter achado que eu era uma moça meio estranha, chorando no meio da rua. Ela com três aninhos, tão piquitita. O corpinho durinho não querendo se entregar ao abraço de uma desconhecida. Sem entender nada, agarrada à sua saia. Quando eu já tinha me afastado, virei para dar tchau e você pediu que ela fosse até mim se despedir novamente. Ela veio na minha direção. Primeiro devagar, depois correndo. Achei até que por um milagre tivesse me reconhecido. Mas aí ela parou. Eu estendi a mão, chamei e ela foi andando pra trás, sem tirar os olhos de mim. Eu virei as costas e fui. Não voltei até hoje, né, mãe?

Mas eu vou voltar. Prometo. Vou voltar para buscar você e Catarina e a senhora que se vire para contar pra ela que Marilena não sou eu. Já tenho o dinheiro que preciso pra trazer vocês, já tenho apartamento também, acabei de encomendar móveis novos para o quarto. Só preciso programar uma folga no salão, que está muito movimentado.

Beijos da filha que te ama
e que vai voltar,
Suzana.

Agradecimentos

Dedico este livro aos meus queridos: Alexandre, Alice e André, a quem amo como se não houvesse amanhã (e que bom que sempre há). Aos meus pais, meus irmãos e meus sobrinhos. Minha tia Denise. Minha avó, que faleceu enquanto eu escrevia este livro e me deixou a maior das saudades e a certeza de que agora sou irremediavelmente adulta.

Agradeço às minhas queridas amigas e leitoras betas que acolheram *Catarina* desde o início e me ajudaram a desvendá-la: Lívia, Aline, Marcela, Lícia, Michele, Jeovanna. Obrigada pela paciência e por não me deixarem desanimar.

Agradeço à Lara, pela partilha e pela escuta. À Elisa e à Juliana pela leitura atenta e pelo apoio de sempre. A todas as companheiras do *Coletivo Escreviventes* que fazem essa mania de escrever ficar cada dia mais animada. Às amigas do clube de leitura feminina, por serem casa.

Estendo meus agradecimentos a Marcela Dantés, Débora Ferraz e Marina Monteiro, que me emprestaram seu olhar e sua expertise para lapidar a história que eu queria contar.

Ao meu chefe e amigo, Rodrigo, por ter me contado o caso do boi que rolou perto do Condomínio Paraíso, povoando minha imaginação.

À cidade de Cachoeiro de Itapemirim, por onde perambulei por muitas manhãs procurando as ruas certas.

Ao Marcelo Nocelli e a todos da editora Reformatório, por nos receberem tão bem (a mim e à *Catarina*).

E a você, que me lê. Obrigada, sempre. Que *Catarina* te desperte alguma coisa, qualquer coisa. Se sentir vontade, venha me dizer (@carlaguerson, nas redes sociais).

Este livro foi composto em Minion Pro
e impresso em papel pólen natural 80g/m²,
em abril de 2024.